茶屋占い師 がらん堂

招き猫

高田在子

角川春樹事務所

本書は、ハルキ文庫のために書き下ろされた作品です。

目次

本文デザイン／アルビレオ

茶屋占い師がらん堂

招き猫

第一話　ひとつ星

昨夜の風は思いのほか強かったようだ。最福神社門前にある茶屋、たまやの小さな裏庭には、数多くの葉が吹き寄せられていた。赤や黄色に色づいた葉が多い。

すずは御霊泉の周りを掃き清めた。水面に浮いている葉は、丁寧に手で取りのぞく。指先に触れる水が冷たいなどとは言っていられない。花や御神酒を供える必要はないといっても、御霊泉を汚れたままにしておいては申し訳が立たない。

すずに憑いた龍との契約を終えたのちに突如現れたこの小さな泉は、不思議な力を持つ占い師、一条宇之助の言うところによると、表通りの向かい側にある最福神社と繋がっている。

すずは、どんな医者にも原因がわからぬ体調不良に苦しんでいたが、宇之助の力によって救われた。

落ち葉を片づけると、すずは改めて御霊泉を見つめた。

透き通った水が、庭の奥に植えてある南天と八つ手の枝を映し出している。青空に浮かぶ雲が、ゆっくりと御霊泉の上を通り過ぎていく。

すずは御霊泉の前にしゃがんだ。見るからに健康そうな自分の顔が水面に映る。思わず、水鏡の中の自分に向かって微笑(ほほえ)んだ。

身も心も連日非常に調子がよいとは、何とありがたいことだろう。

すずは立ち上がると、最福神社の方角へ向かって手を合わせた。前世でも来世でもなく、今世に生きる者たちを見守ってくれる今生明神(こんじょう)の加護に感謝する。

不意に、ぱらぱらと小さな雨粒が落ちてきた。頭上を振り仰ぐが、空は晴れ渡ったままだ。

「日照り雨……」

青い空の彼方から、透明な光の粒が踊りながら降りてくるように見えた。

すずの謝意に、今生明神が雨で返事をしてくれたのだろうか。

いや、それよりも、御霊泉を綺麗(きれい)にしたので龍が喜んでいる証(あかし)に違いない、とすずは思い直した。御霊泉は、清らかな氣(き)を餌(えさ)として好む、龍の餌場でもあるのだ。

「すず、朝餉(あさげ)の支度ができたよ」

振り向くと、勝手口に母のきよが立っていた。

「おいで。早く食べよう」

返事をするように、御霊泉のほうから風がびゅんと吹いてきた。

けれど、水面は静まり返っている。南天と八つ手の枝も微動だにしていない。

甘酒好きの龍が、たっぷり仕込んである甘酒のにおいを堪能するため、ひと足先に調理場へ飛んでいったのだろうか。

すずが店の中へ戻ると、長床几の上に菜が並べられていた。

鯵の塩焼き、納豆、小松菜の煮浸し、豆腐の味噌汁――汁椀の横に、きよが白飯を置く。

「いただきます」

まず、味噌汁をひと口。鰹出汁の滋味と混ざり合った味噌の芳醇な甘さが、口の中いっぱいに広がる。

「おっかさん、美味しいわ」

白飯の上に納豆を載せて頬張っていると、きよがしみじみと目を細めてすずを見つめた。

「食欲があるのはいいことだよ」

きよは感慨深げに息をつく。

「寝たり起きたりだったおまえと、また毎日こうして一緒にご飯を食べられるようになるなんてねえ」

口の中の物を飲み込んで、すずは微笑んだ。

「宇之助さんと、今生明神さまのおかげだわ」

きよは大きくうなずいて、戸口を見やる。

「宇之助さんと言えば、今日はちゃんと朝餉を食べているかねえ。また大福だけで済ませているんじゃないのかい」

すずは小首をかしげた。

「もうお金には困っていないはずだから、何かしら食べていると思うけど……」

たまやで「がらん堂」として庶民向けの占いを始めた宇之助は、本名での仕事も少しずつ再開している。「一条宇之助」としての仕事が入ると、たまやに来る刻限を遅くしたり、帰る刻限を早くしたりと、その時々によって都合をつけていた。

きよが小さく唸る。

「例の、脳が空くって仕事で、無理をしていないといいんだけどねえ」

宇之助は花札を使って占いをする他に、加持祈禱や退魔も行っていた。

退魔とは、魔に属する魂たち——この世に未練を残している死霊や、恨みつらみを抱えた生霊、人に悪さをする妖怪たちを退治することである。すずにとっては未知の霊力を使って、宇之助は物の怪たちと戦っていた。

霊能の仕事をしたあとは、腹が減るというより、脳が空くという感覚に陥るのだそうだ。

とてつもなく頭が疲れて、甘い物が欲しくなると、宇之助は言っていた。

「今日は店開けから、うちへ来る日だったよね」

「ええ、そのはずよ」

すずが言い終わらぬうちに、店の表戸が外から引き開けられた。

戸口に現れたのは、宇之助である。色あせた茶弁慶の着流し姿という、がらん堂の出で立ちだ。

「きよさん、すず、今日もよろしく頼む」

後ろで一本に束ねた長い髪をなびかせながら、宇之助が入ってきた。

きよが立ち上がる。

「今、お茶を淹れるよ。朝餉は食べたかい？」

宇之助は「ああ」と答えながら、長床几に腰を下ろした。その顔を覗き込んで、すずはにっこり笑う。

目と目をじっと合わせた。

宇之助は、ばつが悪そうな顔で瞑目する。嘘か真か見抜く力を持つすずの前で言い訳はできぬと観念したように、深いため息をついた。

「昨夜遅かったので、なかなか起きられなかったんだ」

きよが茶と一緒に握り飯を運んでくる。

「まったく、駄目だよ。朝からご飯をしっかり食べないと、力が出ないんだからね。ほら、これを食べな」

宇之助は面目なさそうな顔で一礼すると、握り飯を頬張った。

きよは満足げに笑うと、表口へ顔を向ける。

「さあ、食べ終わったら店開けだよ」

と言っているそばから、おせんが戸口に現れた。近所の小間物屋、柴田屋の元女主である。息子夫婦に店を譲って隠居してからは、毎日たまやを訪れる常連客だ。すずの体調が悪かった時には、店を手伝ってくれたりもした。

きゅっと上がった目尻をさらに吊り上げて、おせんはずかずかと店内へ入ってくる。

「ちょいと聞いておくれよ」

おせんはきよの前に立つと、一気にまくし立てた。

「うちの嫁ったら、何であんなに可愛げがないんだろう。昨夜の膳につけられた風呂吹き大根がちょっと硬いって言ったら、今朝の味噌汁に入ってた短冊切りの大根はふにょふにょで嚙みごたえがまったくなくてさあ。あたしが口を開く前に『おっかさんは、もうやわらかい物しか食べられないんですものねえ』って、あたしを歯なし婆扱いしたんだよ。おまけに、倫太郎に向かって『今日のおやつは角野屋の堅焼き煎餅だよ』って猫撫で声を出したあとで、『お祖母ちゃんは歯が悪くて食べられないから、おっかさんと二人で食べようねえ』なんて言ってさっ」

　おせんは心底悔しそうに歯噛みした。

「あたしが角野屋の煎餅は美味しいって言ってたことを覚えてて、あんなこと言うんだよ。あたしの歯が丈夫だって知ってるくせに！　孫との楽しいひと時まで奪おうとしてさっ」

　きよは肩をすくめながら、空いた器を調理場へ下げていく。おせんはそのあとを追いながら続けた。

「だけど倫太郎は優しいから『昨夜おとっつぁんがお土産に買ってきてくれたお饅頭があったよね。あれも食べたいなあ』なんて言ってさ。饅頭だったら、あたしも一緒に食べられると思ったんだろうねえ。本当に、よくできた孫だよ」

　調理場の中で、きよが大きくうなずいた。

「倫ちゃんは、本当にいい子だよねえ。おっかさんと、お祖母ちゃんの間を、いつも上手く取り持ってさ」

　調理場から聞こえてきた母の声に、すずはうなずいた。

　倫太郎はまだ八つながらに、気配りのできる男なのだ。母と祖母の間に挟まれて窮屈な思いをしていなければいいがと一時は心配もしたが、おとなしそうに見えてしたたかな面もあるらしく、無邪気な笑顔で母と祖母を手玉に取っている節もある。

　握り飯を食べ終えた宇之助が、ちらりと戸口を見やった。

「あれが、おせんさんの孫か」

見ると、戸の陰から倫太郎が半分顔を出していた。すっと鼻筋の通った、とても可愛らしい子だ。

すずと目が合った倫太郎は、はにかんだような笑みを浮かべて土間に踏み入ってくる。

「おはようございます。お祖母ちゃんを迎えにきました」

おせんが戸口に駆け寄る。倫太郎は笑みを深めた。

「お祖母ちゃんにお客さんだよ。相談事があるみたい。ものすごく深刻そうな顔をしていたよ」

おせんは首をかしげる。

「はて、誰だろう。おもんさんか、おはまさんか。それとも、おつねさんかねえ」

倫太郎はおせんの手を取った。

「とにかく、早く来てよ。お祖母ちゃんがいないと話にならないんだから」

おせんは気をよくしたように口角を上げた。

「そうだね。困った者の話は、あたしがしっかり聞いてやらないとねえ」

おせんは自信ありげに胸を叩(たた)いて、宇之助を振り返った。

「あとで占ってもらうかもしれないけど、まずはあたしがお悩みに挑んでくるよ！」

倫太郎の手を引いて、おせんは勢いよく駆けていく。

宇之助が苦笑した。

「まったく、朝っぱらから騒々しいな」

すずはにっこり微笑む。

「今日一番の占いのお客さんは、おせんさんのご友人でしょうか」

宇之助は即座に首を横に振った。

「倫太郎の顔つきからして、たいした相談事ではないだろう。その客は、おせんさん相手にたっぷり愚痴をこぼせば、すっきりして帰っていくはずだ」

すずはうなずいた。

倫太郎が「ものすごく深刻そうな顔をしていたよ」と言った時、それは嘘だとわかったのだ。

「きっと一番目の占い客は、この町内の者ではないだろう。そんな気がする」

いったいどんな人物がやってくるのだろうかと、すずは再び戸口に顔を向けた。

冬晴れの日差しが穏やかに落ちて、最福神社門前の道を明るく照らしていた。

宇之助の言った通り、この日一人目の占い客は町内の者ではなかった。

初めて見る中年男だ。中肉中背で、頬が少しこけているためか、ひどく疲れているように見える。

おせんが帰って間もなく現れたこの男は、店の奥に設けられた小さな占い処へまっすぐに向かっていった。

「おれは鯛造（たいぞう）っちゅうもんだ。小網町（こあみちょう）一丁目で料理屋をやってる」

切羽詰まった声を出しながら、鯛造は宇之助の前に腰を下ろした。

「店が繁盛するためにどうしたらいいか、占ってくれ」

鯛造はすがるような目で宇之助を見つめる。

宇之助は威勢よく「おう」と声を上げた。

「だが、まずは何か一品注文してくんな。それが、ここの決まりなんでよぉ」

宇之助は江戸弁丸出しで、がらん堂の口調になっている。

何か言いたげに口を開いた鯛造に向かって、宇之助はさらに口を大きく開け、にかっと笑った。

「あせるこたぁねえやな。おれの占いは、どこにも逃げていかねえからよぉ」

鯛造は毒気を抜かれたような表情になって、はあっと息をつく。

「ああ……占う時に何か注文しなきゃならねえって話は、ちゃんと聞いてる」

店の壁に貼ってある品書きを眺めて、鯛造は腕組みをした。

「うーん、何にしようかなあ……」

しばし考え込んだのち、鯛造はすずに顔を向けた。

「姉さん、何がお薦めだい？」

すずは小首をかしげる。

「そうですね……お茶や団子はいかがでしょうか。甘酒もございますが」

「それじゃ、みたらし団子と茶をくれ」

「かしこまりました」

すずが調理場へ引っ込むと、すでにきよが茶を淹れ始めていた。盆の上に艶々のみたらし団子と茶を載せて、すずはすぐに占いの場へ戻る。

「お待たせいたしました」

長床几の上に茶と団子を置くと、鯛造は幾分かゆるんだ表情で汲出茶碗から立ち上る湯気を見つめた。

「さ、まずは一服してくんな」

宇之助に勧められるまま、鯛造は茶碗に口をつける。

すずはさりげなく調理場の入口付近に控えた。ここであれば占い処も目に入るし、新たに入ってくる茶屋の客に目を配ることもできる。

鯛造は茶を飲んで、少し落ち着いたようだ。強張っていた顔から、わずかに力が抜けている。

宇之助は静かに鯛造を見つめていた。

「勘平さんか、その師匠に、おれの話を聞いたのかい」

鯛造は驚いたように口から茶碗を離した。

「勘平さんだ。何で、わかった？」

宇之助は、にっと口角を上げる。

「えらく勢い込んで、おれに向かってきただろう。おれの占いを受けた者の話を聞いたとしか思えねえ。で、料理屋をやっているとなりゃあ、おのずと見えてくるってもんさ。料理人仲間から、がらん堂の占いを薦められたってな」

実際に宇之助のもとへ占いに来たのは、勘平の娘だった。夜な夜な出かけていく勘平を心配して、悩んでいたのだ。

家族を顧みなくなったと思われていた勘平だったが、実は恋女房に新しい簪を買うため、勤めていた料理屋の仕事が終わってから、夜通し人足仕事をしていたとわかった。

勘平の娘と妻が宇之助を信じ、占い通りに動いた結果、勘平たち家族の憂いは晴れて、勘平が自分の店を持てることになったのである。

鯛造は汲出茶碗を長床几の上に戻して、居住まいを正した。

「昨夜、初めて、勘平さんの店へ行ってきたんだ。勘平さんとは、互いの兄弟子同士が友達って縁で、たまに酒を酌み交わす仲でよ。このところ、おれがちょいとごたついていたもんで、開店祝いの品を持っていくのがすっかり遅くなっちまったんだ」

「へえ、そうだったのかい」

軽く相槌（あいづち）を打ちながら、宇之助は鯛造の全身に目を走らせる。

宇之助の視線が一瞬、鯛造の腰の辺りで止まった。すずもさりげなく、鯛造の腰の辺りを見やる。

鯛造の帯に、小さな巾着（きんちゃく）がぶら下がっていた。鯛の柄（がら）だ。魚の形をしている根付（ねつけ）も、やはり鯛だろうか。

宇之助は鯛造の顔をぐっと覗き込んだ。

「鯛造さんは、自分の生い立ちに誇りを持っているんだねえ。それに、好きなものはとことん好きな性分だ」

宇之助の言葉に、鯛造が目を見開く。

「そうなんだよ！　だから鯛の小物ばかり集めちまってさあ」

鯛造は腰の巾着をつかんで、ひょいと持ち上げた。

「ほら、これも鯛なんだよ」

宇之助は初めて気づいたような表情で「へえ」と身を乗り出した。

「ひょっとして、勘平さんのところへ持っていった開店祝いも、鯛の何かかい？」

「おうよ」

鯛造は得意げに胸を張った。

「めでたい開店を祝いたいってんで、鯛の置物にしたのさ」

「ついでに悩みもなくしたい──なんてなあ」

「何でもお見通しかよ！」

鯛造の声が大きくなる。

「だから昨夜も、勘平さんに相談したのさ。どうしたら客を取り戻せるかってな」

鯛造の店「海舟」は、「漁師直伝の魚料理」を売りにしている料理屋だったという。

「うちの親父は、芝の漁師でよぉ。小せえ頃から、おれたち兄弟に、魚や海老の扱いを仕込んだんだ」

魚類を下ろす腕なら、江戸中のどんな店の料理人にも負けねえ、と鯛造は続けた。

「活きのいい魚を扱うため、魚河岸ん中に店を構えてえとも思っていたんだが……」

日本橋川北岸の魚河岸は大きく、市場はいくつかの町にまたがっている。駆けずり回って探したが、鯛造が賃料を払える手頃な貸店は見つからなかった。

けれど、魚料理をやると最初から決めていた鯛造は、どうしても魚河岸の近くに店を構えたかった。粘りに粘って、三年前、魚河岸から少し離れた場所ではあるが、やっと小網町一丁目のはずれに空いている小さな貸店を見つけたのである。

「魚河岸の目利きたちにも認められて、波に乗っていたんだがよぉ」

今年の春、海舟のすぐ近くにたまたま場所が空き、鯛造と同じく「漁師直伝」を売りにした魚料理の店ができたという。

「あっちの店は『大漁丸(たいりょうまる)』って名前でな。『海舟』よりもずっと景気がよさそうだ、なんて言って、客が流れていっちまったのさ」

すっかり潮目が変わっちまった、と鯛造は悔しそうに顔をゆがめる。

「向こうのほうが、ほんの少しばかり、うちよりも魚河岸に近くてよぉ」

負けてたまるものかと、鯛造は大漁丸よりも美味(うま)い魚料理を出そうとした。

品数を増やしたり、味つけを見直したり、見栄えをよくしたり——できることは、すべてやったつもりだ。料理人仲間に助言も乞うたし、客の意見も聞いた。

「決して、独り善(ひとよ)がりの商いはしちゃいねえはずなんだ。食べる人に喜んでもらえる料理を作っているつもりなんだよ」

それなのに、客は戻らない。

もうどうしたらいいのかわからない、と鯛造は嘆く。

「占いで救えるもんなら、救って欲しい。おれも、あんたを信じて、占い通りにするからよぉ」

宇之助は目をすがめて鯛造を見つめた。

「さっき、漁師直伝の魚料理を売りにしている料理屋だったと言っていたが——だったってえのは、どういう意味だい？」

鯛造は、ぐっと眉根を寄せる。

「それは……その……」

宇之助は無言で鯛造を見つめ続ける。その視線に気圧されたように、鯛造はうつむいた。

「野菜料理もやり始めたんだ」

鯛造は言い訳のように続ける。

「客が助言してくれたんだよ。魚料理で負けたんなら、野菜料理も出してみちゃどうだいって」

鯛造は肩身が狭そうに背中を丸めた。

「おれが店を出した時からの常連で、いつも励ましてくれていたんだ。その人は、大漁丸よりも海舟を選んでくれてよ」

――あっちも漁師の家系で、こっちと同じような料理を出すってんなら、あんたはもっと野菜を多く使ってみちゃどうだい――。

そう言って、知り合いの八百屋を紹介してくれたのだという。

「改めて学んでみると、野菜も奥が深い。これまでは魚の添え物程度に使っていたんだが、どうやって魚と組み合わせようか、じっくり野菜に向き合っていくと、店で出す品数もおのずと増えた」

やがて野菜のみを使った料理も店で出すようになったという。

野菜の玄人である八百屋たちにも味を見てもらったところ、とても美味いと好評だった。

けれど、客足は戻らない。

「そんな時、大漁丸のほうへ行っちまったと思っていた常連が、久しぶりにうちへ来たんだ」

その常連は、壁に貼られた品書きを見て眉をひそめた。

――何だ、魚料理はやめちまったのかい――。

鯛造は呆然とした。

魚料理をやめたなんて、冗談じゃない。よく見ろ、そこにちゃんと書いてあるじゃねえか――そう言いかけて、絶句した。

新しく貼った野菜料理の品書きに、魚料理の品書きが埋もれて見えにくくなってしまっている。魚料理を探そうとしても、すぐに見つけることができない。

ところ狭しと壁に貼ってある品書きを見つめて、鯛造はくらりとした。

――久しぶりに、鯛造さんの作る魚料理が食べたいと思って来たんだが、魚がねえんなら帰るわ――。

魚はあると言おうとしたのに、声にならなかった。

「けっきょく、おれは、帰っていく客を引き留めることができなかった。いったい何をやっているんだと、情けなくなってよぉ」

早急に、再び献立を見直さねばならないと思ったものの、何をどうしたらいいのかさっぱりわからない。

客はどんどん離れていき、売り上げは落ちる一方だ。

「このままじゃ、もう店を畳むしかなくなる。そう思えば思うほど、頭ん中が真っ白になって、何も考えられなくなるんだ」

鯛造は両手で顔を覆った。

「助けてくれ……」

宇之助はうなずくと、懐から小箱を取り出した。

「じゃあ、始めるぜ」

箱の中から取り出した花札を手際よく切ると、絵柄を伏せたまま、宇之助は右手でざっと川を描くように長床几の上に広げた。

左手の人差し指をぴんと立てて額の前にかざすと、宇之助は精神統一をするように瞑目(めいもく)する。

鯛造が顔を上げ、祈るように胸の前で両手を握り合わせた。

この占いで駄目なら人生が終わりだと思い詰めているような表情だと、すずは思った。

鯛造は目の前に広げられた札を見て、ふと、人生は川のようなものなんだろうかと思った。山あり谷ありの起伏を、どこまでもただ流れていく。自らの意思で留まることも、行き先を変えることもできない。

親父に言ったら「馬鹿野郎、人生は海そのものに決まってんじゃねえか」と怒鳴られるだろうが。

さっき占い師が言った通り、鯛造は——いや、鯛造の一家は、好きなことはとことんやり抜く性分ぞろいだ。

親父は、芝の海で海老を獲ることに命を懸けている。死ぬ時は、船の上で波に揺られながら死にたい、と常々豪語している。

海老造と名づけられた、兄も同じだ。待望の第一子だった兄は、芝海老漁の申し子と呼ばれるほど、凄腕の漁師に育った。

二人目の子が生まれて、めでたいから鯛造と名づけられた自分には、漁師としての力量が兄ほどはなかった。

妬んだり、ひがんだりせずに育ってこられたのは、鯛造が好きなのは漁よりも料理だったからだ。同じ町内の植木屋を手伝ってみたり、鋳掛屋にならないかと誘われて修業してみたりしたこともあったが、どちらも長くは続かなかった。親父に教わった包丁使いで飯の支度をする楽しみに勝るものはなかったのである。

いつしか鯛造は、海へ出た親父たちの帰りを待ちながら、浜に残って魚料理を作るようになった。漁から戻ってきた親父たちが、海で冷えた体を焚き火で暖めながら、自分の作った料理を頬張っている姿を見るのがたまらなく好きだった。

——鯛造の作る飯は、本当にうめえなあ——。

親父も、兄貴も、心底から嬉しそうに褒めてくれた。隣近所の漁師たちにも鯛造の料理を振る舞って、大いに自慢してくれた。

だから江戸で料理屋を開きたいと言った時も、反対などしなかった。

——好きなことをやれ。料理は、鯛造の性に合っているんだろう。跡継ぎを探している船大工の養子にしようかと考えたこともあったが、おめえは料理しか長続きしなかったからなあ——。

そう言って、親父は笑った。

——この芝から離れても、海を捨てるってわけじゃねえんなら、何も文句はねえよ。江戸の町で魚料理をやるってんなら、むしろ海を広めにいくようなもんだからなあ——。

兄貴も笑顔でうなずいていた。

——芝の浜で鍛えた料理の腕を、江戸でしっかり披露してきな。何も心配はいらねえ。芝の漁師たちを唸らせる魚料理を、おめえは毎日作ってきたんだからよぉ——。

家族や近所の者たちに温かく見送られて故郷をあとにした鯛造は、芝の浜から江戸という大海原(おおうなばら)へ、たった一人、小舟で漕ぎ出した心境だった。

荒れ狂う波に呑(の)まれてなるものかとばかりに、江戸の料理屋で修業を重ね、やっと自分の店が持てた時には、初心忘るべからずという気持ちで「海舟」という店名をつけた。

物事が上手くいかない時には、いつだって、親父と兄貴の笑顔が頭に浮かんだ。

――おめえなら大丈夫だ。どんなでかい波だって乗り越えて、どこまでも泳いでいけるさ――。

そんな声が聞こえてくるような気がする時、まぶたの裏にはいつも、親父と兄貴の後ろに故郷の海が広がっていた。

だが、もう駄目だ。

この頃じゃ、つらいばかりで、親父と兄貴の顔も浮かんでこない。家族の顔がどんなだったかさえ、思い出せなくなりそうになっている。

毎日ひたすら新しい料理のことを考えて、作り続けて、絶望して――いつの間にか、頭の中は金のことばかりになった。

魚を仕入れても、野菜を仕入れても、金がかかる。今は何とか回せても、年末の節季(せっき)(決算期)には、掛取り(かけとり)(集金人)から逃げ回って、首を括(くく)らなきゃならないはめに陥っているんじゃなかろうか。このままじゃ、いずれ店賃(たなちん)も払えなくなる。

食材はひとつも無駄にできねえと思っているのに、客が来なくて、捨てることになる魚や野菜が増えていく。賄(まかない)として自分が食べるにも限度がある。仕入れる量を減らそうと思うのだが、いざ客が来てくれた時に食材が足りなければ、客の期待に応えられないかもしれない。だからけっきょく、これまでと同じように仕入れてしまう。

そんな堂々巡りが続いている。

昨夜、勘平のところへ持っていった開店祝いも、今の鯛造にとってはかなり痛い出費だったが、何も持たずに顔を出して、ちゃっかり自分の相談だけするのは気が引けた。見栄ってもんがまだ自分の中に残っているんだ、と呆(あき)れた。

世間話のついでのように料理の相談をすれば、勘平は親身になって話を聞いてくれた。鯛造を調理場に入れ、目の前で料理を作り、「祝いの礼だ。新しい料理を考える手がかりにしてくれ」と言って、無料(ただ)で飲み食いもさせてくれた。

下手な同情の言葉がひとつもなかったのはありがたい。勘平も苦労人だ。鯛造の苦境や心中を深く察してくれたのだろう。

——困った時の神頼みとはよく言うが、もしよかったら、がらん堂って占い師を頼ってみな——。

帰り際にかけられた勘平の言葉に、鯛造は思わず顔をしかめた。

占いなんて、当たるも八卦(はっけ)、当たらぬも八卦だ。そんなものに金を出す余裕など、今の鯛造にはない。あり金を博打(ばくち)に注ぎ込んで起死回生を狙えと言われたほうが、まだましな気がした。

だが、勘平は真剣な表情を崩さない。

――おれたち家族は、がらん堂の占いで救われたぜ――。

きっぱり言い切った勘平の言葉は、鯛造の耳に重々しく響いた。

自分も救われたい。救われるためなら、何だってする。勘平と同じく、がらん堂を信じて、占い通りにやってやると決めた。

鯛造はごくりと唾を飲んで、長床几の上に広げられた札を見つめた。

冬だというのに、胸の前で握り合わせている両手の平がじっとりと汗ばんできた。

どうか、店が持ち直しますように――そう祈りながら、鯛造は占い師に目を移した。

❀

鯛造の視線が移ったと同時に、宇之助は左手で札を一枚選び取った。

表に返された札が、鯛造の前に置かれる。

「芒(すすき)に月――」

宇之助は札の絵を凝視する。

「ふうん……なるほど……」

宇之助の呟(つぶや)きに、鯛造はまるで甲羅(こうら)に潜ろうとする亀のように首をすくませた。

「何て出た？　おれは何をどうしたらいいんだい」

宇之助は鯛造の顔をじっと見つめる。その視線を恐れるように、鯛造はますます身を縮めた。

「ひょっとして、店の場所が悪いのか？　やっぱり『漁師直伝』を売りにするんなら、魚河岸の中にどーんと店を構えなきゃならなかったのかよ。もっと粘って貸店を探すべきだったのか」

宇之助は静かに首を横に振る。

「鯛造さん、問題は店の場所じゃない。鯛造さんの中にある迷いだ」

宇之助は札の中に描かれた月を指差した。

「今の鯛造さんは、大海原の中で月を目指して舟を漕いでいるようなもんだ」

すずの目の中で、こんもりとした山上の芒の群れが、大きく丸まった天際（水平線）のように変化して見えた。描かれていない一艘の小舟が月に向かって進んでいるような錯覚がよぎる。

鯛造は首をかしげた。

「月を目指すってのは、つまり、売れる料理を作ろうとしてるってことか？」

それの何が悪いんだと言わんばかりの目を向ける鯛造に、宇之助は微苦笑を浮かべた。

「空の中で、月は刻々と位置を変えていくじゃねえか」

「あっ――」

短く叫んだのち、鯛造は絶句した。

「鯛造さん、沖に出た漁師が夜に帰り道を見失った時、目印にするものはいったい何だい？」

宇之助の問いに、鯛造は答えない。まるで信じがたい光景を目の当たりにしたかのように、硬く引き結んだ唇を震わせている。

宇之助は指折り数えながら続けた。

「ひとつ星、心星（しんぼし）、北辰（ほくしん）、妙見（みょうけん）――呼び方はいくつかあるが、常に天の真北にあって、絶対に動かねえ星といやぁ、たったひとつ」

北極星のことである。

「船乗りなら、誰もが知っていることだよなあ」

鯛造は力なくうなずいた。

「漁師であるおとっつぁんも当然、鯛造さんに教えたんじゃねえのかい」

「ああ……」

鯛造はうなだれた。

「何てこった……おれは何のために店の名前を『海舟』にしたのか、すっかりわからなくなってた。頭ではわかっているつもりでも、けっきょく見失ってたんだ」

宇之助はうなずく。

「だが、今、選ぶべき道がまたはっきりと見えてきたよなあ」

宇之助は人差し指でとんとんと絵札を軽く叩いた。

「始まりの場所に戻れ、と札は告げている」

宇之助は鯛造の顔を覗き込んだ。

「料理の道に進むと決めた、その時に心を戻すんだ。その上で答えてくれ。鯛造さん、あんたがやりたい料理は何だい？」

鯛造はうめき声を漏らした。

「魚だ……」

宇之助は目を細めて、鯛造を見つめ続ける。

「そうだよなあ、だから魚河岸の近くに店を構えたんだよなあ。だが料理の幅を広げようとするあまり、鯛造さんはどんどん魚から離れちまった」

「ああ……その通りだ」

「魚から離れて、自分らしさを削っちまった鯛造さんのもとに、客が戻らねえのは当たり前のこった。海舟に来る客は、鯛造さんの味を求めているんだからよ」

鯛造は両手で頭を抱えた。

「じゃあ、どうしたらいいんだ……おれは、もう終わりなのか」

「いや、そうじゃねえ」

宇之助の言葉に、鯛造は顔を上げる。

「鯛造さんは神に見放されたと思っているんだろうが、神はまだあんたを見捨てちゃいねえ。今のこの失敗は、自分の道を見直すためのものなんだ。この試練を乗り越えられるかどうか、神はじっと鯛造さんを見守っているぜ」

宇之助は再び札の中に描かれた月を指差した。

「鯛造さんが次の段階へ進めた時に、夜は明ける」

すずの目の中で、芒の山の上に浮かぶ月が、天際から上った朝日に変化して見えた。描かれていない魚の群れが、海の中を泳いでいるような錯覚がよぎる。

鯛造も幻を見ているような表情で札の絵を凝視している。

「人の意見を聞くことは大事だ。鯛造さんが危惧したように、独り善がりで突っ走っちまうと、客に喜んでもらえねえだろうからな」

宇之助は「だが」と続ける。

「鯛造さんは、いいと思ったことをすぐにやる力はあるんだが、ちいっとばかり深く考える力が足りねえや。あれもこれもと人に言われたことを取り入れ過ぎて、ふらふらしていちゃどうしようもねえだろう。もっと物事を突き詰めて考えなきゃ、店をやっていけねえぜ」

宇之助の言葉を噛みしめるように、鯛造はうなずいた。

「船乗りたちが北のひとつ星を見つめるように、鯛造さんはしっかり自分と向き合わなきゃならねえ。絶対にぶれちゃいけねえ軸を固めるんだ」

鯛造は、ぐっと襟元をつかんだ。

「自分と向き合う……」

宇之助はうなずいた。

「料理の道に進むと決める前も、あれこれ迷っただろう」

鯛造が目を見開く。

「ああ、そうだ――親父たちと同じ漁師になろうかとも思ったんだが、兄貴を見ていると、おれは漁師に向いていない気がして――」

植木屋になろうか、鋳掛屋になろうかと、友人知人に勧められるまま、あっちこっちの仕事をかじった時期があったのだという。

鯛造は両手で額を押さえた。

「あとから思えば、あの時も、人の助言を取り入れ過ぎちまってたんだ。おれのことを考えて、親身になってあれこれ言ってくれるんだから、言われたように動けばきっと上手くいくに違いねえって思っちまったんだよ」

宇之助はまっすぐに鯛造を見つめる。

「だが、誰に何と言われても、答えは鯛造さんの中にあった。そうだろう？」

宇之助の目を見つめ返して、鯛造は大きくうなずいた。

「けっきょく、おれは自分の心の赴くままに動いた。人に勧められたことは長続きしなかったが、料理だけは続けてこられたんだ」

「鯛造さんにとって料理は、きっと天命だったんだろうよ」

宇之助は「芒に月」の札を手にして、鯛造の前に掲げた。

「鯛造さんは今、神に試されているんだ。この壁を乗り越えて成功をつかむか、あきらめて成功を手放すか」

鯛造は自分の両手を見つめた。

「あきらめなければ、おれは成功をつかめるのか……」

「自分の心の奥底へ下りていき、自分が本当に望んでいるものは何なのか、とくと見つめるんだ」

宇之助の声が淡々と響いた。

「心の奥底から湧き出たものじゃなければ、何をやっても駄目さ。上っ面の小手先じゃあ、客を惹きつける料理なんて作れるわけがねえ」

鯛造は微動だにしない。耳から入ってきた宇之助の言葉が腹の奥底へと沈んでいく感覚を、じっと受け止めているような顔つきだ。

「鯛造さん、考えてみな。今日、人生最後の料理を作るとしたら、あんたはいったい何を作る？」

鯛造は答えを探すように、小さく目を泳がせた。だが、言葉は出てこない。

「客に料理を出せるのは、これが最後かもしれねえ——そんな覚悟を持ちながら料理を作り続けて初めて、鯛造さんは、客の心に響く料理を生み出せるようになるんじゃねえのかい。店が繁盛するってえのは、毎日それをくり返した結果じゃねえのかい」

鯛造は、ぎゅっと両手を握り固めた。

「おれは魚料理をやる……」

鯛造は顔を上げて、宇之助をじっと見た。

「やっぱり、おれは魚で勝負するしかねえんだ」

宇之助はうなずいた。

「悔いの残らねえようにやんな」

「おう」

鯛造の力強い返事に、宇之助は目を細める。

「おそらくもう一度、鯛造さんはおれのところへ来るだろう」

鯛造は眉をひそめた。

「それはいつだ？　今度は何が起こるっていうんだい」

「その時になればわかる」

宇之助は札を鯛造の前に戻した。

「だが次に来る時は、間違いなく、鯛造さんは新しい段階に進んでいることだろうよ」

鯛造はまぶしいものを見るように目を細めて、じっと札を見つめた。

まるで札から希望の光が放たれているようだ、とすずは思った。

鯛造の店が客を取り戻したと聞いたのは、およそ半月後のことである。

三味線(しゃみせん)の稽古帰りにたまやへ寄った、すずの親友のおなつが、たまたま海舟の話を出したのだ。

「うちのおとっつぁんったら、昨夜べろんべろんに酔っ払って帰ってきてねえ。おっかさんに大目玉を食らったのよ」

おなつは注文した団子をかじると、茶で喉を潤してから続けた。

「おとっつぁんったら『美味い魚料理をたらふく食べたら、酒が進んでしまってどうしようもなかった』なんて、下手な言い訳しちゃって」

ちょうど客が途切れた占い処でひと休みしていた宇之助が、それはどこの店かとおなつに尋ねたところ、何と鯛造が営む海舟だったのである。

すずは思わず宇之助を見た。たとえ相手がおなつといえど、占い客の仔細(しさい)をべらべら話すつもりは毛頭ないが、やはり占いの結果は大いに気になる。

宇之助は素知らぬ顔で「へえ」と相槌を打った。

おなつは続ける。

「ものすごく繁盛していて、長蛇の列ができていたそうよ。ちょっと待ちくたびれちゃったけど、いざ料理が出てきたら、食べるのに夢中になって、並んだ苦労も忘れちゃったって、おとっつぁんが言ってたわ」

客たちは新鮮な刺身に舌鼓を打ち、焼き魚や煮魚を次々に頼んでいたという。

「漁師直伝の素朴な味わいが、とても素晴らしいんですって。気心知れた漁師の小屋で、心地よいもてなしを受けているような気分になったそうよ」

豪快な盛りつけに、客たちから何度も歓声が上がっていたらしい。

おなつは、うっとり目を閉じる。

「ああ、わたしも海舟に行ってみたい」

おなつは目を開けると、残念そうに肩を落とした。

「だけど『おまえは連れていけない』って、おとっつぁんが言うのよ」

さもありなんという顔で、宇之助がうなずく。

「漁師の豪快な料理ってんなら、客は男ばかりだろうからなあ。おなつちゃんみてえに若くて可愛い娘がいたら、鼻の下伸ばして近寄ってくる馬鹿な野郎もいそうだ。酒が入ってりゃ、気が大きくなって、絡んでくるかもしれねえしよぉ」

おなつは残りの団子をかじりながらうなずく。

「おとっつぁんも同じこと言ってた。わたしも、むさ苦しい男客ばかりの中に混じって並ぶ度胸はさすがにないから、あきらめるより仕方ないわねえ」

きよが「まあまあ」と声を上げながら、盆を手にして調理場から出てきた。

「漁師の料理はできないけれど、こんなおやつなら、うちでも出せるよ」

長床几に置かれた皿の上に載っていたのは、三つの焼き蜜柑である。

「もらい物の蜜柑だから、遠慮はいらないよ。冷めないうちに、お食べ」

おなつは顔をほころばせる。

「おばさん、ありがとうございます！」

「すずと宇之助さんも、ひと息入れな」

きよに促され、三人で焼き蜜柑を頬張った。

冷ましながら皮をむき、焼いたことにより甘みを増した蜜柑を味わいながら、すずは海舟が客を取り戻したことを喜んだ。

宇之助は「おそらくもう一度、鯛造さんはおれのところへ来るだろう」と言っていたが、鯛造はもう危機を脱したのではないかと、すずは思った。

けれどその翌日、暗い顔をした鯛造が再び現れた。たまやの奥の占い処へまっすぐ突き進むと、崩れ落ちるように宇之助の前に座り込む。

「おれはいったい、どうしたらいいんだ。せっかく客が戻ってきたってえのに、このままじゃ、また客を失っちまう」

頭を抱える鯛造を、宇之助は悠然とした面持ちで見守っている。

「がらん堂さんの占い通り、ちゃんと自分で考えたんだ。それで、芝の浜で作っていた料理をそのまんま客に出してみたのさ。親父たちに喜んでもらえた、あの味をな」

客も大勢やってきて、喜んで食べてくれている、と鯛造は続けた。

「だが、客が来れば来るほど、まずい具合になっていくんだ。早く何とかしねえと、また客が離れていっちまう」

店で働く者の数が足りておらず、客の注文を取ることさえままならないというのだ。お運びの者を増やすべく、口入れ屋に頼んでいるのだが、なかなか人が集まらない。

「料理をするのが、おれ一人ってのも、駄目なんだ」

押し寄せる注文の波に手が追いつかない、と鯛造は嘆いた。

「けど、人手が多けりゃいいってわけじゃねえ。うちは小せえ店だから、何人もの料理人が入って動き回れるような、でかい造りの調理場じゃねえのさ」

宇之助はうなずく。

「その点じゃ、お運びだって、増やすにも限度があるよなあ」

「ああ、そうなんだ」

鯛造は頭を抱えた。

「せっかく店の前まで足を運んでもらったのに、こっちの手が回らないために、待ちきれなくて帰っちまう客が大勢出てきてよぉ。今いる店の者たちが、もっときびきび動いてくれりゃあ、もうちっとましになると思うんだが……」

少ない人数で大勢の客を切り盛りし、店の者たちも疲れてきた。いつの間にか、店頭から去っていく客に対する態度がおざなりになってきたという。

「帰るんなら帰れっていう扱いじゃあ、客も怒るわな」

そして、それは店頭だけに限った話ではない。忙しさにかまけ、店内で飲み食いしている客に対しても、接し方が次第に雑になってきたのだ。鯛造が何度注意しても、店の者の態度は直らない。「混んでいるんだから仕方ない」の一点張りだ。

こっそり調理場を出て、物陰から店内を覗いてみて、鯛造は愕然(がくぜん)とした。

――こんな店、二度と来るもんか――。

飲み食いしている客たちの顔が、そう語っていたという。

「怒りをぶつけられたほうが、まだましだと思ったぜ」

客に対して、申し訳ないやら、悔しいやら――せっかく盛り返してきたのに、再び客を失ってしまうという恐ろしさが、鯛造の胸に押し寄せた。

「海舟の船長は、このおれだ。おれの舵取りが下手なのがいけねえのさ」

鯛造は泣きそうな顔で自嘲の笑みを漏らした。

「だが、これ以上どうしたらいいのか、さっぱりわからねえ」

つい先日までは客が来ないという悩みで頭がいっぱいだったのに、今度は客が集まり過ぎて悩むことになるとは夢にも思わなかった、と鯛造は大きなため息をつく。

宇之助は、じっと鯛造の顔を見つめた。

「始まりの場所に戻れ、と札は告げていたよな」

鯛造はうなずくと、すがるような目で宇之助を見つめ返す。

「だから、おれは芝の浜で披露した料理の数々を店で出したんだ」

「鯛造さんが最初に作ったのは何だ？」

宇之助の問いに、鯛造は目を瞬かせる。

「浜辺にこだわらなくていい。鯛造さんが生まれて初めて作った料理は、いったい何だった？　頭に浮かぶと、口の中によだれが湧き出るような思い出の品が、何かあっただろう」

目の前をさかのぼる過去を見つめているように、鯛造は目をすがめた。

「思い出の品……」

目の前で突然ぱんと手を打ち鳴らされたかのように、鯛造は瞬(まばた)きをする。

「お袋……」

鯛造は「ああ」と大きく息をついた。

「鯵の叩き身だ。死んだお袋が、昔よく家で作ってくれた」

不漁が続き、膳に上る菜が少なくなると、亡き母は売り物にならぬほど小さな豆鯵を大量に集めてきた。それを手開きにし、細かく切った身を包丁で叩いて味つけした物を、どんぶり飯の上に載せてくれたのだという。

鯛造は右手の人差し指と親指を三寸に満たないほどの幅に広げた。

「こんなに小せえから、身も少なくてよぉ」

家族みんなの腹を満たす量の叩き身を作るには、何十匹もの豆鯵の身を開いていかねばならない。それはとても手間のかかる仕事だった。

「あんまり長く手で持っていると、手の熱で魚が傷むから、ささっと素早く頭や骨を取っていくんだが」

あせって手を動かすと、指に骨が刺さって痛い。

「小さかったおれは、お袋の真似(まね)をしようとして、何度も指から血を出したっけなあ」

鯛造は懐かしむような表情で右手を見つめた。

「お袋が叩き身を作る時の包丁の音が、たまらなく小気味よくてよぉ。お袋が、やけに恰(かっ)

好よく見えたもんさ」

鯛造は、はっと顔を上げる。

「そうか……おれは親父から包丁を教わる前に、お袋から鰺の手開きを教わっていたんだったな」

海老漁師の子供なので、一番最初に教わったのは海老の殻のむき方だったかもしれないが、家の台所での思い出は、やはり鰺の叩き身だという。

幼い頃の記憶をまんべんなく見つめ直したような顔で、鯛造は目を細めた。

「味噌、醤油、生姜、にんにく、葱、紫蘇、茗荷――お袋は、その時々によって混ぜる物を変えてた。だから、いつ食べても飽きなくてよぉ」

宇之助はうなずく。

「そのお袋さんの味を、店の看板にするべきだな」

「え……」

鯛造は戸惑い顔になった。

「だが、お袋が作ってくれた叩き身は、不漁の時によく家族で食べていたような物で……店の看板にするような物じゃ……」

「鰺の叩き身は、鯛造さんの記憶の中じゃ不漁と結びついているんだろうが、江戸の者たちは誰も不漁の料理だなんて思わねえぜ」

宇之助は鯛造の顔を覗き込む。

「それに何よりも、お袋さんを思い出すんだろう?」

「あ、ああ……」

宇之助は微笑んだ。

「浜で隣近所の漁師たちに料理を振る舞ったのも、家でお袋さんと叩き身を作ったのが楽しかったからじゃねえのかい」

鯛造は何かを思い出しているように宙を眺めた。

「おう、そうだな。それは間違いねえや」

「お袋さんの味をもとに、使う魚や、混ぜ込む薬味、味つけなんかを、もっと工夫してみちゃどうだい」

宇之助の言葉に、鯛造は息を呑む。

「今の鯛造さんが愛着を持って考えりゃ、酒の肴はもちろんのこと、飯にも合う絶品が作れると思うがなあ」

鯛造は思案顔になる。

「酒にも、飯にも合う……叩き身で絶品を……」

鯛造は顎に手を当てながら小さく唸った。

「調理場に新入りを入れたとしても、叩き身なら、すぐにやらせて大丈夫か……細かく切って、全部叩いて混ぜちまうんだもんな」

　鯛造はしばし独り言つ。

「薬味も、そのまんま入れるんじゃなくて、かりかりに揚げたにんにくを……いや待てよ、揚げた蕎麦を砕いて入れても……」

　新しい叩き身の考案に心を飛ばした鯛造を見て、宇之助は笑みを深めた。

「叩き身の値段は、店の品すべての中で、ちょうど真ん中になるように決めるといいぜ」

　首をかしげる鯛造に向かって、宇之助は続ける。

「叩き身より値段が高い品と低い品を置けば、客はおのずと、真ん中辺りの品である叩き身を注文するもんだ」

　さらに特上や、お得な最安値などを置いてはならぬと、宇之助は続けた。あくまでも上中下の三つから選ばせろ、と宇之助は言うのだ。

「値段の幅を広げ過ぎて、多くの選択を並べることになると、今度は客が品を選びきれなくなっちまう。何を注文しようか迷って、決めるのに時がかかり過ぎちまうからな」

　値段をすべて同じにするのも、客が迷うので駄目だという。

「全部同じ値段なら、どれが得で、どれが損か、じっくり考え込んじまうのさ。それに、同じ値段をずらりと目の前に並べられりゃ、店の売りが何なのか、客にはわからねえ」

　鯛造は「あっ」と声を上げた。

「壁に貼った魚の品書きが、野菜の品書きの中に埋もれちまうようなもんか」

宇之助はうなずく。

「一番売りたい物に、客の目を向かせるんだ。客が注文に長く時をかけ過ぎるのも、店が上手く回らねえ原因のひとつになるだろう」

今度は鯛造が大きくうなずいた。

「ぱっと決めてもらって、さっと調理して出せれば、客もこっちも上手く回る……」

鯛造は居住まいを正した。

「ありがとうよ。それじゃ、海舟の行く末をもう一度占ってくれ」

宇之助は笑いながら首を横に振った。

「今の鯛造さんに占いは必要ねえだろう。考えて、試して、客に料理を出し続ける――そのくり返しさ。悩んだ時は、いつだって、始まりの気持ちを思い出せばいい。どうしようもなく行き詰まって、もう駄目だと思ったら、その時にまた来な」

「それじゃ代金を――」

鯛造はうなずいて、懐に手を入れる。

「いらねえよ。占ってねえんだから、今日は金を取れねえだろう」

鯛造は眉根を寄せる。

「だが、それじゃあ……」

「たまやの注文だけはしてくんな」

　鯛造は自分の額をぺちりと叩いて、すずを見た。

「姉さん、すまねえ。おれが来るなり泣き言を垂れていたから、注文を取りそびれたまま、じっと待っていてくれたんだよなあ」

　鯛造はすずを拝むように両手を合わせて、茶とみたらし団子を注文した。すぐに運んでいくと、美味そうに団子を頬張る。

「ああ、うめえ」

　茶を飲みながら団子を食べ進める鯛造の表情が、どんどんゆるんでいく。

「茶と団子を出す店は江戸に数多くあれど、たまやの味は格別だよなあ。体の奥深くまで、じーんと優しく染み入ってくるぜ」

「ありがとうございます」

　一礼するすずに向かって、鯛造は微笑んだ。

「ここは本当に居心地がいい。最福神社の門前だから、御利益（ごりやく）のお裾分け（すそわけ）がありそうだしよぉ。祀（まつ）られている今生明神は、その名にあやかり『根性』を出して気張れるようにって、何かを成し遂げたい者たちが願かけに訪れるって聞いたぜ」

　宇之助は最福神社の方角を見やった。

「まあ、強い神だからな。あきらめずに戦う者が好きなんだ。きっと鯛造さんの力にもなってくれるだろうよ」

鯛造は「よおし」と声を上げて立ち上がる。

「それじゃ、おれも今生明神さんを拝んで帰るとするか」

鯛造は弾みをつけるように両手をぱんっと合わせると、すがすがしい笑顔で宇之助に向き直った。

「がらん堂さん、おれは新しい叩き身の工夫に励むからよ。あんたも、ぜひ食べにきてくれ」

鯛造はすずにも笑顔を向ける。

「姉さん、あんたも一緒に来てくれよ。たまやの団子に引けを取らねえくらい美味い物を食わせてやるぜ」

鯛造はかしこまった表情で、宇之助の前に背筋を正した。

「占い師の口から『占いは必要ねえ』という言葉が出るなんて、思ってもみなかった。占ってくれと言われれば、すぐに札を引くものだとばかり思っていたのに……」

鯛造は目を細める。

「客に対する心意気ってやつを、まざまざと見せてもらった気がしたぜ。おれも負けちゃいられねえ。海舟を、きっと江戸一番の店にしてみせるぜ」

宇之助は、にやりと笑った。

「自信満々じゃねえか」

　鯛造は「おうよ」と胸を張る。

「たらふく食わせてやるから、必ず来てくれ」

　宇之助はうなずく。

「だが、おれはそんなに大食いじゃないんでね。その代わりってわけでもねえが、すずの友達も連れていっていいかい」

　すずは慌てた。

「宇之助さん、それは図々し過ぎますよ。あたしだって、何もしていないのに」

　鯛造は「構わねえよ」と笑う。

「姉さん――すずさんっていうのかい、あんたの友達でも何でも連れてきな。江戸の女衆にも芝の浜の味を気に入ってもらえりゃ、きっとお袋もあの世で喜ぶさ」

「ここは鯛造さんのお言葉に甘えるとしようぜ」

　宇之助は悪びれもせずに続ける。

「店開けは、いつ時分だい。海舟に集まる客は酒飲みの男ばかりだと聞いたから、女衆も入りやすい頃合いを作って欲しいんだがよ」

　鯛造は即座にうなずく。

「うちは昼飯時から店を開けているが、確かに、客は近所の職人や棒手振(ぼてふり)たち男ばかりだから、若え娘さんは入りづれえだろう。昼のかき入れ時を過ぎて、おれたち店の者が賄を食べるのと一緒でよけりゃ、他に客がいねえ店ん中でゆっくり食べてもらえるんじゃねえかな」

「じゃあ、それで頼むぜ」

宇之助はしたり顔になって、調理場へ顔を向ける。

「きよさん、昼飯時をはずせば、すずを連れていってもいいだろう？」

事のなり行きを陰から見守っていたきよが調理場を出てきた。

「だけど、ご迷惑じゃ——」

きよが恐縮顔で鯛造に一礼する。

鯛造は頭を振った。

「いや、女将(おかみ)さん、遠慮しねえでくれ。あんたもぜひ来てくれよ」

きよは笑顔で首を横に振る。

「そう言っていただけるのは本当にありがたいんですけど、あたしはこの店を留守にするわけにはいきませんもので……それじゃ宇之助さんと一緒に、娘たちだけ、お願いできますでしょうか」

すずはきよの袖(そで)を引いた。

「おっかさんを置いて、あたしだけ美味しい物を食べにいくだなんて」

「いいんだよ」

きよは目を細めて、すずを見た。

「せっかく元気になったんだもの、久しぶりに江戸の町で遊んでおいでよ。おなつちゃんと宇之助さんが一緒なら、あたしも安心だ」

「おっかさん……」

鯛造が、すんと小さく鼻をすすった。

「死んだお袋を思い出しちまったぜ。うちのお袋も、よく『あたしはいいから、おまえたちがお食べ』なんて言って、おれたち兄弟の皿に魚を多く載せてくれたりしてよぉ」

宇之助が鯛造の右横をじっと見つめた。

「お袋さんは、いつも鯛造さんのそばにいて見守ってくれているぜ。海舟が繁盛するように、今回も力を貸してくれるはずだ」

宇之助の視線に気づかぬ様子で、鯛造は拳を握り固める。

「そうだな、お袋が見ていてくれると思えば百人力だ」

宇之助は鯛造の右横を見つめ続けながらうなずいた。まるで、そこに鯛造の母親が立っているかのように。

ようしやるぞと意気込んで帰っていく鯛造を見送って、すずは店内を見渡した。

考えたくはないが、十年前に行方知れずとなった父がもう亡くなっていたとしたら――

すずときよに会うため、その魂がたまやへ帰ってくることはないだろうか。すずが気づかないだけで、本当はいつもたまやの片隅にいる、なんてことはないだろうか。

宇之助が何も言わないということは、父の姿が視えていない——つまり、父はここにいないということなのだろうか。

「いらっしゃいませ」

きよの声に、すずは我に返った。

「そこの席、いいかい」

戸口に客が立っている。入口近くの長床几を指差され、すずは「はい」と返事をしながら注文を取りに向かった。

「甘酒と、こんにゃく田楽を頼む」

「かしこまりました。少々お待ちください」

気持ちを切り替えるべく、すずは明るく笑う。

調理場へ向かうと、きよが田楽を皿に載せているところだったので、すずは甘酒を茶碗に入れた。

大鍋から漂ってくる甘酒の香りに、元気をもらえたような心地になった。

三日後の昼下がり、宇之助に連れられて、すずはおなつとともに小網町一丁目へ向かった。昨日、鯛造から「都合がよければ明日来てくれ」という文が、たまやに届いたのだ。

　真隣を歩くおなつは、とてもはしゃいでいる。

「日本橋のほうまで行くのは久しぶりだわ。すずと一緒に美味しい物を食べにいけるだなんて、本当に嬉しい」

　おなつはくつろいだ表情で歩きながら町を見渡した。

　冬晴れの中、道行く人々の足取りは軽く、笑顔に満ちている。

　そろいの印半纏をまとって闊歩する職人たち、吹く風の冷たさなど物ともせずに駆けていく棒手振、前掛をしめて風呂敷包みを背負っているお店者——。

　おなつの視線を追って、すずは目を細める。

　同じような年頃の娘が二人、肩を並べて前方を歩いていた。時折、顔を見合わせて笑い声を立てている。

　ふと、おなつと一緒に大川へ桜を見にいった時の情景を思い出した。

　頭上の桜に手を伸ばし、届かなくて、飛び跳ね、笑って——。

　あれからもう一年半が過ぎたのかと、すずは感慨にふけった。

　先日も、占い客が抱えた騒動の決着を見届けるため一緒に外出したが、こんなふうに何の憂いもなくおなつとともに出歩くのは、あの大川の桜以来ではなかろうか。

　その後、すずは得体の知れぬ体調不良に悩まされるようになり、外出もままならなくなった。すずが寝込んでいた間も、おなつは変わらず、しょっちゅう会いにきてくれた。

おなつの存在に、すずは改めて感謝する。

子供の頃からつき合いが途切れず、ずっと親しくし続けているのは、おなつくらいのものだ。

幼い頃からの他の友達は、働ける年になったと同時に住み込みの奉公へ出たり、年頃になって嫁いだりと、みなそれぞれの暮らしを送っている。手習い所でおしゃべりをしていた頃のように、大勢で集まれる機会もなくなった。

それに……。

すずの友達づき合いが減った理由は、もうひとつある。

理由はわからないが、物心ついた時から嘘か真か見抜く力があったすずは、幼い頃、相手の話が本音と違うと感じると、すぐに「嘘だ」と言ってしまっていた。

幼さゆえに、指摘された相手がどう思うかということにまで、考えがおよばなかったのである。

たいていの大人たちは「勘が鋭い子だねえ」と言って、笑って済ませた。すずの言動が異能であるとまでは思わず、大事（おおごと）にしなかったのである。

けれど、同じ年頃の子供たちの中には、すずを気味悪がる者もあった。何でもかんでも嘘か真か見抜かれて、すずを「気持ち悪い」と言い、遠ざかっていったのだ。

そこで初めて、すずは、ところ構わず誰にでも真実を述べていいものではないと思うようになったのである。

人としゃべることが怖くなった時もある。

だが、離れていった子供たちがいる中で、おなつだけは変わらずに寄り添い続け、言ってくれたのだ。

——すずは悪くない——。

離れていった子供たちは、嘘をついて、陰で年下の弱い子をいじめるような者たちだった。だから気にすることはない、すずは嘘を見抜いて弱い子を守ってあげたのだと、おなつはみなの前で言い続けた。

嘘か真か、あと先考えずに指摘しなくなったこともあり、やがて周囲の子供たちはすずの力を忘れていった。これまでと同じ日常に戻り、すずも、あまり深く考えなくなった。

けれど、すずの中で、かけがえのない友達とはどんなものか——おなつの存在の大きさが、胸に深く刻み込まれたのである。

「うぅ、寒い」

真隣を歩くおなつが、ぴたりと肩を寄せてきた。

「今、冷たい風がわたしの襟の中に入ってきたわ。海舟で、あったかい料理がたくさん出るといいわねえ」

すずは笑いながらうなずいた。

寒さがまったく気にならぬわけでもないが、すずは笑顔で胸を張って進んでいく。

おなつとの固い絆と、こうして冬でも元気に歩けるようになったことに、ただただありがたいという思いを膨らませながら……。

浅草橋を渡って神田川を越え、旅人宿が建ち並ぶ馬喰町の大通りを抜けて、魚河岸方面へ。荒布橋を渡れば、すぐそこは魚河岸という通りを左に折れ、細い路地を進むと、鯛造が営む海舟があった。

間口は狭いが、店の前は綺麗に掃き清められている。きっと店内もこざっぱりとしているのだろうと思われた。

宇之助が戸を引き開けると、すぐに鯛造が店の奥から出てきた。若い男二人を従えている。

「よう、待ってたぜ」

明り取りの窓から差し込む柔らかな光の中、調理場近くの長床几に案内された。

鯛造に促され、お運びを受け持っているらしい若い男が茶を運んできた。もう一人は調理場に引っ込んで、何やら器によそっている。

すぐに料理が出てきた。

長床几の上に並べられたのは、鯛の刺身、芝海老の素揚げ、平目の煮つけ、平目のひれと皮の揚げ物、鯛をはじめとした数種の魚のあら汁——そして海舟の売りにしていく叩き身——今回は、亡き母との思い出が詰まった鯵の叩き身である。

鯛造は自ら運んできた叩き身の皿を、すずたちの前に掲げた。

「味噌と醤油、今日はふたつの味を用意したぜ」

すずとおなつは歓声を上げながら、目の前に置かれた皿と箸を手にする。

まずは醤油味の叩きを、ひと口。

「わぁ、生姜が利いてて美味しい！」

おなつの言葉にうなずきながら、すずは叩き身を噛みしめた。よく叩かれ、ほどよく粘り気が出ている鯵の身と、細かく刻まれた葱が絡み合って、絶妙な口当たりだ。すり下ろされた生姜の清涼な風味も心地よい。

茶を飲んで、口の中をいったん落ち着けてから、今度は味噌味の叩き身を口に入れる。

「これも美味しい……」

思わず、声が出た。今度は、おなつが大きくうなずく。

「味噌の甘みと、にんにくが、たまらないわねえ」

こちらも叩き身と葱の歯触りが心地よい。

「こいつぁ飯が欲しくなるぜ」

宇之助の言葉に、店の若い者がすぐ白飯を持ってきた。宇之助は白飯を前に、真剣な表情で唸り声を上げる。

「味噌と醤油、どちらの味を載せて食べるべきだろうか……」

がらん堂ではなく、素の宇之助に戻ったような口調だった。

それに気づかぬ様子で、鯛造は笑いながら、もうひとつ飯茶碗を宇之助の前に置いた。

「どっちの味も載せて食ってみな。半分食って、残りは茶漬けにしてもいいぜ」

宇之助はごくりと喉を鳴らしてうなずいた。

「姉さんたちも、飯をふたつの茶碗に分けてよそってやろうか？」

「はい！」

すずとおなつの声がそろった。

「残してしまうともったいないので、ご飯は本当に少しずつでお願いします」

「あいよ、ちょいと待ってな」

鯛造は調理場へ向かって合図を送った。店の若い者が、すぐに白飯を運んでくる。

ひょいと飯茶碗の中を覗いた鯛造が顔をしかめた。

「何でい、これじゃ少な過ぎるんじゃねえのか」

すずとおなつは首を横に振る。

「いえ、ちょうどいいです。煮つけや、あら汁も、全部残さずにいただきたいですし」

「そうかい？」

鯛造は首をかしげながら、飯茶碗の中の白飯と、皿の上の鯵の叩き身を交互に見やる。

「こんなにちんまりとよそったんじゃ、握りずしを小さくしたやつの上に叩き身を載せて、手でつかんで食ったほうが早えんじゃねえのか」

江戸の握りずしは、すずの手の平がすっぽり隠れるくらいの大きさである。

白飯の上に叩き身を載せ、箸で口元に運んでいると、鯛造がじっと見つめてきた。すずは思わず身を固くする。

凝視されると食べづらい……。

背筋を伸ばしながら頬張って、咀嚼（そしゃく）する。

おなつが首をかしげた。

「どうしたんですか、鯛造さん」

「あ、いや――すずさんの小せえ口ん中に入っていく、ひと口大の叩き身と飯を見ていたらよぉ、海苔（のり）で巻いてつまんでもいいかな、と思ったんだ」

おなつは自分の飯茶碗の中を見つめた。

「確かに、海苔も合いそうですねえ」

鯛造がうなずく。

「酢飯にも合うだろう」

　鯛造は顎に手を当てる。

「小せえ握りずしを叩き身で作って、飯の上に載せた身がこぼれねえように海苔でぐるりと周りを巻いたらどうだ……？」

　おなつが目を見開く。

「面白い！　それに、とっても美味しそうですね」

「おうっ」

　まるで空からひらめきが落ちてきたかのように、鯛造は宙を仰いだ。

「そうだ、それなら裏の坊主でも食える！」

　鯛造は興奮の面持ちで一同を見回した。

「つい先だって、おれが懇意にしている裏の長屋者に、うちの叩き身を食わせたんだ。お袋の味が、どれくらい世間に通用するかと思ってな」

　その長屋者は、こんなに美味い叩き身を食べたことがないと言って、えらく感激していたという。

「あれは世辞じゃなかったと確信したから、おれはがらん堂さんに『ぜひ食べにきてくれ』って文を出したんだがよ」

　魚の身を叩く加減や、味つけ、薬味を入れる分量など、ほんのわずかな違いで仕上がりは大きく変わってくる。

それは単純に、味噌をひと匙分、醤油をふた匙分といったふうに、量をしっかり計れば毎回すべて同じ味になるというものではなかった。仕入れた魚の脂の乗り具合や、薬味として使う青物の味などにも左右されるのだ、と鯛造は語った。

「やっぱり最後は自分の舌で確かめて、心身のすべてで感じなきゃならねえ」

　鯛造は、亡き母の味をしっかりと全身で引き継いでいる。

　だから叩き身を出す店は江戸に数多くあっても、海舟とまったく同じ味にはならないだろう、と長屋者も鯛造の背中を押した。

「そん時、やつが言ったんだ。『うちの坊主にも食わせてやりてえなあ』ってよ」

　だが、三歳の男児はまだ箸の使い方が下手で、叩き身などは食べるそばから、ぼろぼろこぼしてしまうかもしれない、と長屋者は続けたという。

「うちのお袋は、そんなの気にしなかったがよ。そいつのかみさんは、ちょいと躾けに厳しいようなんだ」

　おなつが納得顔になる。

「鯛造さんがおっしゃるように、ご飯と叩き身を一緒に海苔で巻いてあげれば、小さい子供でも食べやすいでしょうねえ」

　鯛造はうなずいた。

「飯抜きで、叩き身だけを海苔で巻いてもいいよなあ。酒の肴にもぴったりだ」

鯛造は目を輝かせながら、叩き身を海苔で巻いているような仕草をした。

「小せえ子供に食わせる時は、生姜やにんにくを入れずに、ちょいと甘めの味つけにしてよぉ。大きさも、ひと口大だ」

まるで海苔で巻いた叩き身を口に運ぶように、鯛造は手を動かす。

「こうやって、小せえ子供が手で持って一人で上手く食べられるようにすれば、その子のおっかさんも、ちっとはくつろいだ気持ちで飯が食えるかもしれねえなあ」

鯛造は自分の言葉に大きくうなずいた。

「そのおっかさんは、しっかり躾けなきゃならねえと思うがあまり、ここんとこ気が尖(とが)っているらしいんだ」

母親の小言が増えて、子供はいつも泣きべそをかいているという。

「たまに外で飯を食わせたら、どっちの気分も変わるんじゃねえかと、そいつも言っていたんだが、小せえのを連れていける店なんてねえと嘆いていてよ」

鯛造は店内を見回した。

「うちの商売は夜が主だ。昼間に、酒を出さずに、近所のかみさん連中が子供を連れてこられるような日を作ってもいいかもしれねえ……」

鯛造は調理場を振り返った。

「おめえら、どう思う？」

店の若い者二人が背筋を伸ばす。

「前向きに考えてみるべきだと思います。昼間は、お客が少ない日もありますから、女衆が新しい客筋になってくれたらありがたいですね」

「近所の人たちの声を聞いて、吟味してみたらどうでしょう」

鯛造はうなずいて、宇之助に向き直る。

「がらん堂さん、あんたの占いに助けられたこのおれが、今度は人のために何ができるか、じっくり考えてみるよ。野菜に手を広げたりして、回り道をしちまったが、これからはもう迷わねえ」

宇之助は目を細める。

「回り道も、悪いことばかりじゃねえんだぜ」

慰めと取ったのか、鯛造は自嘲めいた笑みを浮かべた。

宇之助は鯵の叩き身が載っていた空の皿を指差す。

「薬味にする青物の味によっても、お袋さん直伝の味は変わってくるんだろう？　さっき鯛造さんが言ってたじゃねえか」

「あっ――」

鯛造は指差された皿をじっと見つめた。

「おれが青物に手を広げたことも、無駄じゃなかったってことか……」

宇之助はうなずく。

「よそ見をしたからこそ、見えてくる景色もあるんじゃねえのか」

鯛造はくしゃりと顔をゆがめた。

「そういやぁ、お袋はよく、買い物の途中であちこちに目を向けていたっけなあ」

幼かった鯛造の手を引いて、母はしょっちゅう立ち止まり、道端の花や空の雲を眺めていたという。

――ほら、鯛造、魚の鱗みたいな雲が広がっているだろう。じきに雨が降るかもしれないから、早く帰ろう――。

――見てごらん、鯛造、たんぽぽが咲いてるよ。葉を摘んでいって、お浸しにしようか。茹で蛸とでも合わせてみようかねえ――。

鯛造は目を潤ませた。

「たとえすべてに意味なんかなくたって、お袋とのやり取りは全部、おれにとってかけがえのねえ宝物だ」

鯛造は指で目尻を拭って、また皿に目を戻した。

「苦しんだことも、いつか、すべて糧になるのかな。……いや、しなきゃならねえな」

鯛造は背筋を正して宇之助に向き直った。

「がらん堂さんのおかげで、おれは大事なことに気づけた。おれの中に、今でもお袋が生き続けているってこともわかったぜ。それに――」

鯛造は、鯛の刺身や芝海老の素揚げに目を移す。

「芝の海は、この江戸にも繋がっているんだよなあ」

「ああ、そうだぜ」

返事をした宇之助の視線は、鯛造の右横に向けられていた。

すずの目には見えないが、そこには確かに、鯛造の亡き母がいるのだろう。

行方知れずの父を思い出して、すずは少しうらやましく思った。


海舟を辞すと、すずたちは両国へ向かった。「久しぶりに江戸の町で遊んでおいで」という母の言葉に甘え、浅草橋を渡る手前の西広小路を散策することにしたのだ。

横を並んで歩くおなつが、すずの袖を引く。

「見て、あの客引き」

見世物(みせもの)小屋の入口で、天狗(てんぐ)に扮(ふん)した男がからくり人形のような仕草で、かくんかくんと手にした扇を振っている。道行く人々を見世物小屋の中へ誘(いざな)うように。

人々は通り過ぎながら天狗を指差したり、歩み寄って間近に動きを眺めたり。みな笑顔だ。

不意に、天狗が人形のような仕草をやめて、見物人の背中を大きく叩いた。力は入っていないようだが、驚いている見物人を見世物小屋の中へと追い立てている。

　小屋の中から河童に扮した男が飛び出してきて、木戸銭を催促するように銭箱を掲げた。催促された男は「仕方ねえなあ」と笑いながら木戸銭を払い、見世物小屋の中へ入っていく。

　天狗が勢いよく通りを振り返る。次は我が身か、おっかねえと笑いながら逃げていく野次馬たち。中には、自分も天狗に構って欲しいと言わんばかりに近づいていく者もいる。天狗は心得たという顔つきで、近づいてきた者たちを扇で見世物小屋の入口に案内する。

「さっきから、ああやって客引きをしているのよ。面白いわねえ」

　すずはうなずいた。

　おなつは見世物小屋の反対側へ顔を向ける。

「あっ、飴細工よ」

　今度は通りの反対側へ袖を引かれた。すずはおなつに引っ張られ、飴売りの前に立った。

「可愛いわねえ。懐かしいわ」

　おなつが歓声を上げて、飴に見入る。葭の茎に、さまざまな形の飴がつけて売られていた。十二支を模った物に加えて、猫や花の形もある。

「これください」

　すずは思わず、龍の飴を指差していた。

おなつが首をかしげる。

「どうして龍なの？　兎や犬のほうが可愛いでしょうに」

すずの首元に、しゅっと冷たい風が吹きつけた。すずに憑いている龍が、おなつの言葉に怒ったのだろう。

「龍も可愛いわよ。勇ましくて、恰好いいし」

すずの首元を、そよそよと優しく温かい風が吹く。どうやら機嫌を直したようだ。

「おっかさんへのお土産にするわ。きっと、おっかさんも龍が一番好きよ」

代金を払って飴を受け取り、ふと頭上を仰ぐと、大きくうねる一筋の雲が青空に浮いていた。すずが手にした飴細工の龍に、形がよく似ている。

すずは微笑んだ。

自分には見えずとも、確かに存在するものが、世の中にはあるのだ。

行方知れずとなった父が今どこにいるのか、どんな状態なのかわからないが、すずときよのことをいつも想っていて欲しいと、すずは切に願った。

第二話　蝶の飛翔

すずは店の入口を見て首をかしげた。

さっきから、開け放してある戸の向こうを行ったり来たりしている娘がいる。年の頃は十三――紅白の市松模様の着物に、紫の帯を締めている。町娘というよりは、先日両国で見かけた芸人という風情だ。

うつむきながら歩き、立ち止まっては何かを呟き、たまやのほうを見て、また歩く。そのくり返しだ。

すずは戸口に近寄った。

「あの……」

声をかけると、娘が「ひぃっ」と悲鳴を上げて飛び跳ねた。大げさではなく、本当に、その場でぴょんと両足を浮かせて跳ねたのだ。

すずは戸惑う。そんなに驚かせてしまっただろうか。

娘は怯えたような顔で、すずを見た。

「み、店先をうろうろして、すみません。怪しい者ではないんです。あたしは、ただ、がらん堂さんの占いを受けようかどうしようかと……」

すずはにっこり笑った。

「よろしかったら、中へどうぞ」

娘は胸の前で手を組み合わせながら、ちらりと店内を窺う。

「何人くらい、まだ中にいますか？　お客の出入りは、だいぶ落ち着いたようですけど……」

すずは目を丸くした。この娘は、いったい、いつから店先にいたのか。昼飯時の混雑を外から眺めていたのであれば、かなり前から通りを行き来していたことになる。

晴天の昼下がりとはいえ、霜月（旧暦の十一月）だ。ひしひしと寒さを感じていたに違いない。

すずは思わず問いかける。

「体が冷えてしまったんじゃありませんか？　お腹は空いていませんか？」

顔を覗き込めば、娘はうろたえたように一歩下がる。目を合わせようとすると、さっとそらされる。

「あ、あの、あたし、お腹は——占って——空いてはいるんですけど——」

娘は混乱したように、言葉を詰まらせた。口を開けたり、唇を引き結んだり、言いたいことを上手く表に出せない様子だ。時折、何かに助けを求めるように、視線をさまよわせる。

人に怯える子猫をなだめるように、すずは優しく微笑(ほほえ)みかけた。

「がらん堂さんの占いを受けにいらしたんですよね」

娘は涙目で、こくこくと首を縦に振る。

「お腹も空いていらっしゃるんですよね」

娘は胸の前で手を握り合わせて、大きくうなずいた。

「もしよろしかったら、うちで何か召し上がりませんか？　占いのお客さまには、たまやの品を何か注文していただくことになっていますので、ちょうどよいかと——」

娘は蚊(か)の鳴くような声で「はい」と答えた。

子猫に逃げられぬよう接する心地で、すずはゆっくり静かに動きながら娘を中へ促す。

「もうほとんど中に人はいません。残っているお客さまも、間もなくお帰りになる頃合いかと存じます」

と言っているそばから、客が出てきた。

「よう、姉さん、ごちそうさん」

客の男が、すずに声をかけながら通り過ぎていく。娘は顔を隠すようにうつむいて、すずの背後に回った。

占い処に来たことを誰にも知られたくないのか、極度の人見知りなのか——おそらく後者だろう。

娘の様子など気にしていないそぶりで、すずは去っていく客に向かって頭を下げた。

「ありがとうございました。またどうぞお越しください」

すずは振り向いて、にっこり娘に笑いかける。

「さ、どうぞ中へ」

あえて目を合わせずに、さっと店内へ入っていく。耳を澄まして気配を探ると、娘はちゃんとあとをついてきていた。

宇之助の前に座った娘は、がちがちに身を固くして、膝の上に両手を置いていた。喉からしぼり出したような小声で茶と握り飯を注文すると、うつむいて黙り込む。

宇之助は平然と微笑みながら、娘を見つめた。

「外は風が冷たかっただろう」

娘はぎこちなくうなずいた。

「この場所は、すぐにわかったかい？」

娘は再びうなずく。

「よく一人で来たなあ。年は、いくつかな——十五まではいってねえか。十三か、十四……十四だな」

娘は驚いたように顔を上げ、じっと宇之助の顔を見つめる。

すずは茶と握り飯を運びながら「おや」と思った。自分から人の顔を見ることができるのか、と感心してしまう。先ほどは、何があっても人と目が合う危険など冒しません、というそぶりであったのに。

宇之助が札を並べる文机代わりにしている長床几の上に、そっと茶と握り飯を置いて、すずはさりげなく調理場の入口付近に控えた。

「あの、どうして……」

娘は必死の形相で宇之助の顔を見つめながら、小声で続けた。

「どうして、あたしが十四だとわかったんですか。いつも十二か十三に見られるんです」

宇之助は「そうかい」と明るく笑った。

「若え身空で人生の岐路に立たされちまって、おれんとこへ来たんだろう。十五になる前に、何とかけりをつけてえんじゃねえかと思ったんだよ」

娘は、ぶんぶんと首を縦に振った。

「ぴったり十四だと当てるのは、すごいです」

感嘆の声を上げる娘に、宇之助は笑みを深める。

おそらく最初から十五前後と見当をつけていた宇之助は、自分が「十三か十四」と言った時の娘の様子をつぶさに観察していたのだろう、とすずは思った。

すずからはよく見えなかったが、きっと正面に座っている宇之助の目には、娘の目つきや口元などのわずかな動きが、はっきり見えていたに違いない。

「娘さん、名は何ていうんだい」

「おちょう」

「蝶々(ちょうちょう)の『蝶』かい」

娘はうなずいて、目を伏せる。

「て、手妻師(てづまし)なんです。今うちの一座は両国に滞在していて、あたしは『蝶の舞』を売りにして舞台に立てと、師匠に言われているんですけど……」

糸をつけた紙の蝶を、扇であおぎながら操る手妻だという。

紙の蝶を使った手妻は昔からあるのだと、お蝶は語った。

糸をつけて操る手法は享保(きょうほう)の頃すでに行われているし、扇であしらう手法も宝暦(ほうれき)の頃には行われている。

「今の江戸では、柳川一蝶斎(やながわいっちょうさい)の『浮かれの蝶』が大評判です」

文政二年頃、大坂の手妻師、谷川定吉が江戸で披露した「浮かれの蝶」を継承した手妻だという。

手妻の師匠である夢楽は、お蝶を奮起させようと、時に一蝶斎の名を引き合いに出して言い続けた。

――おめえも、名に蝶を持つ身だ。誰にも負けねえ「蝶の舞」を作り上げてみせろ――。

「だけど、あたしには上手くできなくて」

宇之助はお蝶の顔を覗き込んだ。

「それは技を覚える以前の問題だろう」

お蝶はびくりと肩を跳ね上げた。

「あ、あたし……」

お蝶は再びうつむいて、じっと黙り込む。

宇之助は訳知り顔でうなずいた。

「苦しかったよなあ、つらかったよなあ。相当思い詰めて、占い処へ来たんだもんなあ」

そう言ったきり、宇之助も無言になった。

しばし二人の間に沈黙が流れる。

とてつもなく大きな重しを載せられたかのように、お蝶が顔をゆがめた。

「あたし……あたし……」

お蝶はべそをかきながら、つっかえつっかえ語り始める。

「おとっつぁんも、おっかさんも、兄さんも、姉さんも、みんな――みんな、役者なんです」

一家の末っ子であるお蝶は、旅芝居の鶴亀(つるかめ)一座がかつて江戸に滞在していた時に生まれたという。

役者の子は役者になる、と周りには思われていたが、お蝶はどうしても芝居をやりたくなかった。大きな声でしゃべらねばならぬのが、たまらなく苦痛だったのだ。「決められた台詞(せりふ)を口にするだけだから、一度やってみな」と言われても、絶対に嫌だった。

舞台の袖(そで)からみんなの芝居を見ていると、客の視線が台詞を言う者に集まっているのがよくわかる。「小さな芝居小屋の、小さな舞台なんだから、そんなに緊張はしないよ」と親兄姉(きょうだい)は笑っているが、お蝶にしてみれば、小さな場所だからこそ、客との距離が近いわけで――。

「自分を見るお客さんの目が、妖怪みたいに突然ぐわっと大きくなる気がするんです」

怖くてたまらない、とお蝶は身震いした。

「知らない人の前でしゃべるのは、小さい頃から苦手で……」

両親も、年の離れた兄姉たちも、鶴亀一座の他の役者たちも、お蝶をとても可愛がってくれた。けれど芝居が始まれば、みな忙しく、お蝶に構ってはいられない。

いつしかお蝶は舞台から離れた楽屋に引っ込み、一人で遊ぶようになった。

そんなお蝶を気にかけて、子守を引き受けてくれたのが、芝居の前座を務めていた手妻師の夢楽である。

遊びの中で、夢楽は見事な手妻を見せてくれた。

空っぽの箱からさまざまな物を取り出していく「空箱」や、伏せた椀の中で小さな布製の玉が自在に隠現する「品玉」など、目の前でくり広げられる手妻に、お蝶は夢中になった。

夢楽の手や道具を何度も確かめたが、仕かけがさっぱりわからない。

首をかしげ続けるお蝶に、ある日、夢楽は笑いながら言った。

——お蝶もやってみるかい——。

それはまるで、魔力を授与して欲しいかどうか問う言葉に聞こえた。

夢楽さんは、手妻師じゃなくて、法術使いだったのかと、幼かったお蝶は思った。

——やる。やってみたい——。

気がつけば、お蝶はそう答えていた。

——じゃあ、教えてやろう——。

ほんの軽い気持ちだったのだと、のちに夢楽は語った。子供相手の暇潰しだ、お蝶が飽きたら終わりにしようと思っていたのだ、と。

だが、お蝶は手妻にのめり込んだ。そして夢楽の想像をはるかに超えて、次々と技を覚えていったのである。

ある日の芝居の幕が下りたあと、夢楽は両親と座長を楽屋へ呼んで、こう言った。

――お蝶は、すごい手妻師になるぞ。そのうち、おれなんか飛び越えて、ぽぉんと高みへ行っちまうだろう――。

夢楽の言葉を聞いた両親や座長は、お蝶を凝視した。三人とも、お蝶が役者に向いていないと判断し、身の振り方を案じていたのである。

このまま一座に置き続けても、お蝶のためにならぬのであれば、いずれ手放して奉公先を探してやるべきではないのか――だが、可愛い末っ子と離れて暮らすのは耐えがたい――両親は苦悩していた。

もし、お蝶が手妻師として前座を務められるようになれば、このまま一座に残して、ずっと親子で暮らしていける。両親は期待に満ちた目で、お蝶を見つめた。

――おまえ、手妻師になるかい？――。

お蝶はうなずいた。

手妻師も、舞台の上で人前に立たねばならぬ生業（なりわい）であるとわかっていたが、すっかり手妻が好きになっていたお蝶は、この先もずっと手妻を続けていきたいと思うようになっていたのだ。

奉公に出たら、主（あるじ）の言いつけに従って朝から晩まで働かねばならない。

客の取り次ぎを命じられた時に「知らない人の前でしゃべるのは苦手なので無理です」とは言えないだろう。お茶出しの時だって、緊張しきって、とんでもない粗相をするかもしれない。

それより何より、手妻など遊びだと判じられ、休憩の間に稽古をすることさえ許されなかったらどうしよう。

奉公人が遊び暮らしてよいのは、年に二回ある藪入り（やぶいり）の、二日間だけだと聞いたことがあった。

手妻ができるのは年に二日間だけなんて、耐えられない、とお蝶は思った。

技が決まれば、面白い。夢楽も目を見開いて感嘆してくれる。朝から晩まで夢楽とともに手妻に没頭していたい。

幼心に、お蝶は強く思ったのだ。

手妻を続けていくには、手妻を仕事にするしかない。

「手妻師は、役者のように長台詞をしゃべる必要がないから、あたしでも何とかなるんじゃないかと思ったんです」

舞台の上でぺらぺらと口上（こうじょう）を述べながら芸を見せる手妻師もいるだろうが、少なくとも、夢楽はほとんどしゃべっていなかったのだという。

手妻の技だけで客を引き込む夢楽の芸風は、お蝶にも合っていると思えた。

夢楽を「お師匠さん」と呼ぶようになったとたん、遊びだった手妻の楽しいひと時は、厳しい修業の時に変わった。

手妻を生業とし、客から金を取るのであれば、技に磨きをかけねばならない。わずかな失敗も許されず、魅せるための技芸をひたすら追い求めなければならないのだ。自己満足で終わるような真似は許されない。

稽古中は、夢楽が手にした扇子で手を強く叩かれることも多かった。

だが、それでも、お蝶は手妻が好きだった。

すぱっと技が決まった瞬間の、あの快感はたまらない。

手妻師になれなければ、手妻ができなくなる――その一心で、歯を食い縛って演技を続けた。

努力の甲斐あって、初めて舞台へ上がるよう夢楽に告げられた時は、天にも昇る心地だった。

そして挑んだ一年前の初舞台――お蝶は何もできなかった。

失敗と呼べるような生やさしいものではない。本当に、何もできなかったのである。

「舞台の真ん中で、指一本動かせずに、立ち往生したんです」

身がすくむというのは、このことか――真っ白になりそうな頭で懸命に踏ん張りながら、お蝶はそんなことを考えていたという。

頭では、何をしなければならないのかわかっていたつもりだ。手を動かし、指先に気を集めて、手妻をする。

いつも通りに――。

けれど、いつもならすんなり動くはずの指が一本も動かないのだ。

「いつも」が何なのかさえ、わからなくなりそうだった。

最初は「おっ、どうした、頑張れ」なんて声をかけてくれていた客も、そのうち、いら立ち始める。「何やってんだ、引っ込め！」という声が上がり始める。

お蝶は舞台の真ん中で泣いた。

手妻なら、できると思ったのに。やっぱり、あたしは駄目だった。人前に立つなんてことは、するべきじゃなかったんだと、後悔で胸がいっぱいになった。

お蝶は黒子に抱えられて舞台から下ろされ、代わりに舞台へ上がった夢楽が鮮やかな手妻を披露して、客の怒りは何とか解けた。

鶴亀一座の中で、手妻は前座である。芝居が始まり、役者たちが熱を入れた演技をくり広げると、客たちは食い入るように身を乗り出して、最後まで舞台に釘づけだったという。

帰り際に、お蝶の失敗を蒸し返して文句をつけてくる客もいなかったそうだ。

「お師匠さんは、舞台の上で緊張したあたしが失敗するかもしれないと、最初から思っていたそうです」

だから楽屋で泣き濡れているお蝶に向かって、事もなげに「次も頑張れ」と告げたのだ。

翌日も、普段通り稽古は行われた。初舞台の失敗を引きずっていたお蝶だったが、稽古が進むにつれて手妻に集中し、最後には夢楽の前でいつも通りの演技を見せることができたという。

「舞台での失敗は何だったのかと思うくらい、綺麗に演技が決まったんです」

それでもう一度、今度は大丈夫かと思って舞台へ上がってみたのだが、やはり失敗した。

「二度目の舞台では何とか手が動いたんですけど、指先が震えて、上手く仕かけを動かすことができませんでした」

観客の目に見えぬほど細い糸を使い、紙の人形が自力で動いているように見せる「人形踊り」――何の仕かけもないのに人形がひょこひょこ踊っているように操らねばならぬのに、ぎこちない仕草でぐいっと糸を引いた結果、糸が切れて仕かけがばれ、客をしらけさせてしまった。

期待外れもいいところだと落胆する声、早く芝居に移れと怒る声、言葉にもならぬ嘲笑の数々が、お蝶の身に降りかかった。

あせりながら演技を続けようとする中で、ふと顔を上げて見てしまった、客たちの冷たい目――。

「世の中のすべてが敵になったみたいで、ものすごく怖かったです……」

もう舞台には上がれない、手妻師としての道は閉ざされたと、お蝶は思った。

だが、夢楽や両親は「あきらめるな」と言う。「おまえには手妻師としてやっていける技量があるんだ。あとは度胸だけだ」と励まし続けてくれる。

――客の目が怖いなら、客を人と思うな。田んぼの中に立っている案山子だと思え――。

夢楽にそう言われ、薄暗い芝居小屋の中に何体もの案山子が立っていると想像したお蝶は、ぞっとした。客が人ではなく、案山子だと思い込んでも、いつ魂が宿って襲ってくるかわからないという恐怖を抱いてしまったのだ。

――そんなら客を南瓜とでも思っておけ。内藤新宿で芝居をした時、内藤南瓜を食っただろう。その辺に南瓜がごろごろ転がっていると思っときゃいいんだよ――。

励まし続けてくれる夢楽や両親には言えなかったが、南瓜に目鼻がついて嘲笑してくるような気がした。

「舞台には、人の絶望を餌にする魔物が棲んでいて、弱気になった者に襲いかかって失敗させるのかと思いました」

お蝶は自嘲の笑みを浮かべる。

「だけど、おとっつぁんも、おっかさんも、兄さんも、姉さんも、みんな――みんな、ちゃんと芝居をしているんです。できないのは、あたしだけ。だから舞台の上の魔物なんか、あたしの言い訳に過ぎないんです。目に見えない化け物なんて、本当は、どこにもいやしない」

すずは思わず、自分の肩に手をやった。

目に見えない龍に憑かれて、苦しんだ日々が自分にはある。宇之助が契約を結んでくれたのち、守護してくれる存在に変わった龍は、時に小さくなって、すずの肩に乗っていたりするらしい。

今でも目に見えず、重さも感じないが、龍が確かに実在することを、すずは知っている。

舞台にだって、魔物が棲んでいないとは限らない――。

ずっと黙って聞いていた宇之助が、にっこり笑った。

「目に見えねえものが、ないとは言えねえぜ」

「え……」

「お蝶ちゃんが手妻を好きだって気持ちは、目に見えなくても、ちゃんとあるだろう」

「あ……」

宇之助は人差し指を突き出すと、お蝶に向かってぐるぐる回した。

「お蝶ちゃんは『できない』って思い込みに縛られちまっているんだ。厄介なのは、思い込みが目に見えねえってこった。ぎっちぎちに縛られて苦しいのに、結び目がどこにあるのかわからねえ。刃物で切ったりもできねえしなあ」

縄抜けしようともがくように、お蝶は身をよじった。

「あたし、何とかしなきゃと思って、おかめのお面をかぶって舞台に上がってみたことがあるんです」

宇之助は感心したように「へえ」と目を細める。

「でも、けっきょく駄目でした。お面の中では周りがよく見えなくて、お客さんからも見られていない気分になって、気持ちが少し落ち着いたけど」

視界が悪くなったことが、手元の繊細な動きに響いてしまったという。

「稽古中は、お面をかぶらなくてもちゃんとできるのに……どうして……」

親兄姉が堂々と舞台の上に立っている以上、血筋のせいにもできやしない。

「どうして、あたしだけ……」

家族の中で自分一人だけ役立たずなのだと、お蝶は嘆く。

「おとっつぁんも。おっかさんも、兄さんも、姉さんも、みんな明るくて、人づきあいが上手いんです。誰とでも仲良くしゃべって——初めて会った人でも全然気にせず、自分から話しかけたりしているんですよ」

「お蝶ちゃん、それも思い込みかもしれねえぜ」

宇之助の言葉に、お蝶は泣きそうな表情で首をかしげる。

「ひょっとしたら、ご両親や兄姉たちは、人としゃべったあと、どっと気疲れしちまっているのかもしれねえ。本人たちは、誰とでも仲良くできるだなんて、これっぽっちも思っていねえかもしれねえぞ」

お蝶は思案顔になる。

「そういえば、おとっつぁんは楽屋であまりしゃべらないかも……」

宇之助は笑顔でうなずく。

「お蝶ちゃんは、知らない人の前でしゃべるのは苦手だと言うが、今はどうだい。今日初めて会ったおれの前で、こんなにも雄弁じゃねえか。注文した茶と握り飯のこともすっかり忘れちまうくらい、さっきからよくしゃべっているだろう」

はっとした表情になって、お蝶は右手で口を覆う。

宇之助は笑みを深めた。

「手妻に関わることになると、お蝶ちゃんは夢中になって、本来の自分を出せるんだよなあ」

お蝶は呆然（ぼうぜん）と、まだ手をつけていなかった茶と握り飯を見つめる。

「どうしたら舞台の上で自分の力量を発揮できるか、知りたいかい？」

宇之助の言葉に、お蝶は顔を上げた。

「もちろんです！　そのために、あたしはここに来たんです」

宇之助はうなずくと、懐から小箱を取り出した。お蝶が箱を凝視する。宇之助が箱の中から花札を取り出すと、思わずといったふうに身を乗り出した。

「それは普通の花札ですか」

「もちろんだぜ」

宇之助は、にやりと笑う。

「種も仕かけもございやせん」

宇之助が花札を切ると、その手際のよさに、お蝶は目を丸くした。

「何て鮮やかな手さばき……」

宇之助の手元に顔を近づけると、お蝶は感嘆の息をついた。

「手妻の修業をなさったことは」

「一度もねえよ」

絵柄を伏せたまま、宇之助は右手でざっと札を長床几の上に広げた。川のように広がった札を、お蝶は食い入るように見つめる。札のどれかが浮き上がってくるのではあるまいかと、期待しているような目だ。

お蝶はうずうずと、長床几の上で両手の指を動かした。

「あたしが引くんですか？」

「いいや、おれが引く」

宇之助は苦笑しながら、左手の人差し指をぴんと立てて額の前にかざした。精神統一をするように、しばし瞑目する。

　これから起こる何かを待ちわびているような表情で、お蝶はじっと宇之助の顔を見た。

　宇之助は目を開ける。お蝶の視線には気づいていないような表情で、長床几の上の札に目を落とした。おもむろに、左手で一枚を選び取る。

　表に返された札が、お蝶の前に置かれた。

「牡丹に蝶――」

　宇之助は目を細めて札の絵を見つめた。

　種や仕かけを探すように、お蝶も札を凝視している。だが何も起こらないと知ると、がっかりしたように唇を尖らせた。

　宇之助は札に描かれた蝶の上に、そっと人差し指を置く。

「うん……のびのびと飛び回っているな」

　お蝶は小首をかしげて、宇之助が指差している蝶を見つめた。

「大丈夫。お蝶ちゃんは、ちゃんと手妻師としてやっていけるぜ」

　お蝶はがばりと顔を上げる。

「本当ですか⁉」

　宇之助はうなずく。

「だが、そのためにやらなきゃならねえことがある」

「何でもやります！」

「じゃあ、外で稽古しな」

「えっ」

お蝶は顔をしかめた。

「何で、外……」

お蝶は身を守るように、両手で両腕をつかんだ。

「芝居小屋の中より、もっと人が多い場所で稽古するなんて——人目が怖くて演技ができないから、困って、占いにきたのに」

宇之助は札を手にして、お蝶の前に掲げた。

「札の中で、お蝶ちゃんが笑っている姿が見える。日の光の下で、楽しそうに蝶とたわむれているんだ」

お蝶は眉をひそめて目の前の札を見やる。そんな情景はどこにも現われていないじゃないかと言いたげな表情だ。

これが手妻であれば、札の中の絵が変化したりするのだろうか、とすずは思った。

「外で手妻の稽古をすれば、きっと、お蝶ちゃんに転機が訪れるぜ」

宇之助の言葉に、お蝶は顔を曇らせる。

「でも……外は、芝居小屋の中より人が多い……」

「できねえってか？」

お蝶はうつむいて、唇を噛む。できないと言いたいが、言ってしまえば、もう手妻師としてやっていけないと思い詰めているような表情だ。

「お蝶ちゃんなら、できると思うがなあ」

宇之助は微笑んで、お蝶の前に札を戻した。

「外で稽古をすれば、きっと楽しく手妻ができていた頃の気持ちを取り戻せると、札は教えてくれているぜ」

お蝶は不安げな目で宇之助を見る。

「信じられねえかい？」

お蝶は唇を引き結ぶと、居住まいを正した。

「あたし……あたし、がらん堂さんの占いを信じると決めたから、ここへ来たんです。だから……」

がらん堂を知った経緯を、お蝶は語り始めた。

舞台での失敗を引きずり、ひどく落ち込み続けているお蝶を励まそうと、夢楽が料理屋へ連れていってくれたのだという。

「日本橋のはずれにある、海舟っていう魚料理の店なんですけど」

すずは思わず「あっ」と声を上げそうになった。先日占いに来た、鯛造の店ではないか。

「久しぶりに江戸で会ったお師匠さんのお友達が、美味(うま)い店だって教えてくれたそうです」

注文した料理は、どれもみな美味かった。料理人である店主も愛想がよく、夢楽が魚について尋ねるたびに、嫌な顔ひとつせず何でも答えてくれた。魚と料理が心から好きな人なんだ、とお蝶は思った。

けれど不思議なことに、客がいない。店内は、がらがらだ。

夢楽も首をかしげていた。

――こんなに美味い料理を出す店なのに、どうして客が来ないんだろう――。

店主が別の客と話している声を何となしに聞いていたところ、海舟が客離れに苦しんでいると知った。

夢楽は断言した。

――この店は、いずれまた客でいっぱいになるぞ。本物を出し続けていれば、わかる者はちゃんと足を運んでくれるはずだ――。

夢楽は自分の言葉を確かめるように、お蝶を伴って何度か海舟を訪れた。

だが、海舟は空いたまま。客が入る気配はない。

本当に、この店に客が大勢来るようになるのかと、お蝶は夢楽に問うた。

夢楽は胸を張ってうなずいた。

――おれの見る目は確かだ。おれがいいと思ったものは、必ず当たる。おめえも、きっといい手妻師になるぜ――。

自信に満ちた夢楽の言葉は、天から差してくるひと筋の光のように、お蝶の胸の中に染み込んできた。

「ここであきらめちゃいけないと思いました」

観にきてくれる人がいるのなら、たとえそれがたった一人であっても、その人のために、あたしは手妻をやりたい――お蝶の胸に、手妻への情熱がむくむくと湧き上がってきた。涸れたと思っていた泉の底から、突然水が噴き出してきたかのようだった。

そして次に海舟へ行った時、店内は満席だった。客たちはみな笑顔で、次々に鯵の叩き身などを注文し、幸せそうに頬張っている。

夢楽は得意げな顔で、店内を見回した。

――ほら、おれの言った通りになっただろう――。

しかし、なぜ突然、混み始めたのか。

夢でも見ているような心地で魚料理を頬張っていると、店主と知人らしき男の話がお蝶の耳に入ってきた。

――鯛造さん、店が持ち直して、本当によかったなあ――。

――ああ、がらん堂のおかげだぜ。あの占いがなけりゃ、おれは今頃どうなっていたかわからねえ。起死回生を望むやつは、がらん堂の占いを受けるべきだな——。

客たちの声がざわざわと響く海舟の中で、「がらん堂の占い」という言葉が、やけにくっきりと浮かび上がって聞こえた。

「思わず、あたしは立ち上がって、ご店主に詰め寄りました」

——がらん堂の占いって、何ですか。その占いは、どこへ行ったら受けられるんですか——。

切羽詰まったお蝶の勢いに、大きな悩み事があると察したらしい鯛造は、すぐにたまやへの道順を教えてくれた。

夢楽は非常に驚いていたという。

——お蝶、おめえ、自分から話しかけにいくなんて珍しいじゃねえか——。

「自分でも、びっくりしました。何度か行ったことのあるお店の人とはいえ、小さい頃から慣れ親しんでいる一座の者以外に、自分からあれこれ聞くなんて」

その時は、気がついたら動いていたのだという。

「占いの力を借りて、起死回生ができるなら……あのお店みたいに、変われるんなら」

自信を持って舞台に上がれるようになるため、お蝶も占いを受けると決めたのだ。

お蝶は目の前の札をじっと見つめた。

「あたし、やってみます。まずは、お師匠さんの長屋で……」

「お師匠さんの長屋？」

宇之助が首をかしげる。

「芸人たちはみんな、両国で一緒に寝起きしているんじゃねえのかい」

お蝶は寂しそうな表情で目を伏せた。

「そうなんですけど……今は、お師匠さんだけ、花川戸の七兵衛長屋に住んでいるんです」

夢楽は浅草花川戸の出身だという。若い頃は、浅草奥山などで芸を披露していたと、お蝶は聞いていた。

「だんだん年を取ってきて、旅の暮らしがつらくなってきたから、この冬で鶴亀一座から抜けるって、お師匠さんが言い出したんです。来月の舞台を最後に、手妻師も辞めるって」

お蝶は握り固めた手を震わせた。

余生を故郷で過ごすと決めていた夢楽は、鶴亀一座が江戸へ入ったと同時に長屋を借りて移り住んだ。江戸で最後の舞台を踏んだあとは、昔馴染みの芸人とともに、浅草で後進の指南をしながら余生を送るのだという。

鶴亀一座のみなの前で、夢楽は明言していた。

——おれが引退するまでに、お蝶が立派に舞台を務められるようにならなければ、よそから別の手妻師を引っ張ってきて、おれの跡継ぎにするしかねえな——。

「お師匠さんは本気なんです。だから、あたしも早く、しっかりしないと」

お蝶は喉の渇きを思い出したように、ぐびぐびと茶をあおった。続けて、手つかずのままだった握り飯を頬張る。

その間、宇之助は取り出した懐紙を手で切って人形を作っていた。

「お蝶ちゃん、これを持っていきな」

首をかしげるお蝶に、宇之助は「形代さ」と告げる。

「夏越の祓の行事なんかにも使われているのを知らねえかい？」

お蝶は思い出しように「ああ」と声を上げた。

夏越の祓とは、水無月（旧暦の六月）の晦日に行われる神事である。罪や穢れを祓うため、茅草を束ねて作った大きな輪の中をくぐって身を浄める。また、紙の人形で自分の体を撫で、川原で祓い、水に流す風習もあった。

宇之助は形代の使い方を説明すると、お蝶に差し出した。

「こいつもきっと、お蝶ちゃんの恐れや不安を引き受けてくれるぜ」

「あの、お代は……」

「占い代に含めておいてやるよ」

お蝶は形代を受け取ると、礼を述べて帰っていく。

通りへ出たお蝶の背中は、たまやの前をうろついていた時と打って変わって、だいぶ気合いが入っているように見えた。

「あの形代から、いい氣をもらったら、きっと頑張れますよね」

宇之助は肩をすくめる。

「ただの紙だがな」

すずは驚いた。宇之助が作った物だから、何かしらの霊力が宿っていて、必ず効き目があると思ったのに。

「本当ですか？」

すずは宇之助の目をじっと見る。

嘘だ――。

宇之助は、ついと戸口へ顔を向けた。新しい客が土間に踏み入ってくるところだった。占い客ではないようで、まっすぐに空いている長床几へ向かう。

「いらっしゃいませ」

すずは急いで注文を取りに向かった。

十日後の昼下がり、いったん客が途切れたところで、宇之助が「団子を包んでくれないか」と言い出した。

賄を食べていたきよが首をかしげる。

「いいけど、どこかへ行くのかい？」

「ああ、お蝶ちゃんの様子を見てくる。形代に呼ばれたのでな」

すずはまっすぐに、宇之助の目を見た。

宇之助は目をそらさずに、見つめ返してくる。

「一緒に行くか？　お蝶ちゃんのことが気になっているんだろう？」

すずは思わず、きよを見た。先日も、海舟へ行くのに店を抜けさせてもらったが……。

と、そこへ、いつものごとくおせんが入ってきた。

「ちょいと、きよさん、聞いておくれよ。うちの嫁ったらさあ――」

きよは苦笑しながら、すずに向かってうなずいた。

「いいよ、行っておいで。忙しくなったら、おせんさんに手伝ってもらうからさ」

おせんは、きょとんとした顔で一同の顔を見回す。

「何だい、何かあったのかい」

きよは手を横に振って、おせんに向き直った。

「いいや、あんたがいてくれてよかったって話をしてたんだよ」

おせんは「そうかい」と破顔した。

すずは団子を竹皮に包むと、宇之助とともに店を出た。

吾妻橋の近くで店を出していた屋台の蕎麦屋に尋ねると、七兵衛長屋の場所を知っていて、すぐに道順を教えてくれた。

浅草寺の参拝客たちか、風雷神門のほうへ向かう大勢の人々を左手に見ながらまっすぐ進み、しばらく行ったところを大川へ向かって右に折れる。

冷たい風に首筋を撫でられ、すずは肩を縮めた。雨でも降りそうな曇り空だ。日の光がないから、よけいに寒く感じる。

前から手拭い売りがやってきた。天秤棒にぶら下げた何十枚もの手拭いが、ゆらゆらと風で揺れている。かなり重そうだ。

端に寄って道を譲り、少し進めば、七兵衛長屋に行き当たった。

長屋木戸の前に立って名札を見ると、「夢楽」と書かれた木札も掲げられている。

奥から、子供たちの歓声が聞こえてきた。寒さなど微塵も感じていないような、明るい笑い声が響いている。

「お蝶姉ちゃん、すげえや！　もいっぺん、やってくれよ！」

すずは微笑んだ。

占い通り、お蝶は外で稽古に励んでいたのだ。

お蝶の声も聞こえてくる。

「では次に、何も入っていないこの箱の中から――」

宇之助が静かに木戸をくぐっていく。お蝶たちの邪魔をせぬよう、すずもそっとあとに続いた。

どぶ板を踏み、腰高障子が並ぶ前を通り過ぎて井戸端に出ると、幼い子供たちが集まっていた。その向こうに、お蝶と老爺が立っている。

お蝶がこちらに気づいて、顔を上げた。

「あ、がらん堂さん」

宇之助は微笑みながら首を横に振り、手を止めぬよう目で促す。お蝶はうなずいて、子供たちに向き直った。

「さあ、よく見て」

お蝶は手にした木箱を何度も引っくり返して、中に何も入っていないことを子供たちに示す。

「こっちの引き出しにも、何も入っていません」

子供たちが大きくうなずく。

お蝶は微笑みながら、木箱の中に引き出しを入れた。

「一、二、三」

ぱっと引き出しを抜き出すと、中から色とりどりの紙の花が飛び出してきた。

「うわあっ」

子供たちが手を叩きながら喜ぶ。

「もっと！　もっとやって！」

お蝶が子供たちと笑い合っている間に、老爺が歩み寄ってきた。宇之助に向かって、深々と一礼する。

「お蝶の師の、夢楽でございます。がらん堂さんのおかげで、お蝶がやる気になりましたようで」

夢楽は目を細めて、お蝶と子供たちを眺めた。

「十日前、お蝶が突然ここに来て『今から長屋のみなさんに手妻をご披露いたします』と言い出した時には、驚きましたが」

夢楽は宇之助に向き直った。

「外で稽古をするよう占い師に言われたと聞いた時には、さらに驚きました。自分の力で何とかしようともがくのではなく、まじないのようなものにすがったのかと思いましてな」

夢楽は感慨深い眼差しで、宇之助を見つめる。

「だが、違った。がらん堂さんの占いは、まじないでも妙な法術でもなく、あくまでもお蝶自身に努力を促すものだった」

夢楽は空を仰いだ。

「あいにく今日は曇っていますが、この数日、お蝶は青空の下で、のびのびと手妻を披露しております。観客は、まだ手習い所に通っていない小さな子供たちで、お蝶の手妻を見て大喜びです」

夢楽は隣近所の腰高障子にゆるりと目を向けた。

「この長屋のかみさん連中は、昼間忙しく働いている人が多い。内職の繕い物をしていたり、通いの女中をしていたりね。だから子供たちが手妻に夢中だと、大助かりなんですよ」

お蝶に礼を述べるため、わざわざ内職の合間に外へ出てきたかみさんもいるという。

「さっき、おやつに食べてくれと煎餅(せんべい)をもらって、お蝶も喜んでいました」

――お師匠さんに、楽屋で子守してもらっていた頃を思い出しますね――。

さっそく煎餅をかじりながら呟いたお蝶の表情は、とても穏やかだったという。

「無邪気な子供たちのおかげで、お蝶はあせりや恐れなどを手放して、力みが取れたいい演技をするようになりました」

夢楽は再び丁寧に一礼をする。

「がらん堂さん、本当にありがとうございました」

宇之助は笑う。

「おれは、ただ占っただけですよ。実際に動いたのは、お蝶ちゃんだ。あの引っ込み思案じゃ、お師匠さんの長屋へ来るんだって勇気が必要だったんじゃありませんか」

「ええ、まあ……」

　夢楽は苦笑する。

「実は、初日に一悶着ありましてな」

　手妻を披露するので井戸端へ来てくれと長屋の者たちに声をかけるも、集まったのは幼子ばかり。そのほうが気楽か、と夢楽が思ったのもつかの間、一列に並ばせたはずの子供たちはわらわらとお蝶に群がり始めたという。

　——ねえ、これなあに。糸がついてるよ——。

　——この紙の人形、あたしも欲しい——。

　小道具に勝手に触ろうとする子供たちを前に、お蝶はうろたえ、手妻どころではなくなってしまった。動き回らず、じっと見ているよう子供たちに言い含め、どうにかこうにか演技を始めたお蝶だったが……。

「いくつもの輪っかを一瞬ではめたり、また別々に離したりする『金輪の曲』って演目があるんですがね」

　お蝶の演技中、よちよち歩きの三太が前に出て、ぐいっと金輪を引っ張った。子守をしていたはずの姉おさよは、切れ目がないように見える金輪の秘密を暴こうと、お蝶の手元を凝視していたという。

「弟の面倒を見ろと言われても、おさよだって、まだまだ遊びたい盛りの子供です。手妻に夢中になって、目え離しちまうのは、仕方のねえことで」

三太をあやしながら何とか金輪を取り戻して、お蝶は懸命に演技を続けたが、動揺のため手元が狂って何度も金輪を落としてしまった。

——何やってんだよ、下手くそ——。

忠太という男児が笑いながら、お蝶を指差した。

お蝶は赤くなったり青くなったりしながら、忠太を無視して演技を続けていたのだが。

——そんなつまんねえ手妻なんかやめて、今度は剣呑みしてみろよ。居合抜きでもいいぜ。おいら、もっとすげえのが見てえなあ——。

忠太の野次に、とうとう動きを止めてしまったお蝶は、しばしその場に立ちつくしたのち、脱兎のごとく駆け出した。

「手妻の道具を放り出して、逃げおったんですわ」

鶴亀一座に戻ったお蝶は小屋から一歩も出なくなった。

——やっぱり外は怖い——。

母親にそう言うと、だんまりを決め込んで、三日三晩閉じこもったのである。

「その間、長屋のほうでは、子供たちが大喧嘩しておりましてね」

お蝶が途中で帰ってしまったのは忠太のせいだと、他の子供たちは責め立てた。

――うるせえ。あいつが下手くそだからいけねえんだ。ものすげえ技を成功させたら、おいらだって黙って見てやったぜ――。

お蝶を悪く言う忠太に、子供たちの怒りは増した。特に、弟の三太が演技の邪魔をしてしまったと負い目を感じていたおさよは、お蝶をかばうため、猛然と忠太に食ってかかった。

――忠太はいつも、そうやって偉そうにしてる。だから、みんなに嫌われるのよ――。

――黙れ！　おさよなんか、ひょっとこ女のくせに――。

「売り言葉に買い言葉だったんですがねえ」

おさよを本気で怒らせた忠太は渾身の拳骨を食らった。

――おいらは女相手にやり返したりしねえ――。

そう言って、颯爽と引き下がった忠太は自分の家へ帰るなり、どうやら頭を抱えてうずくまっていたらしい。部屋で内職をしていた母親に叱られる声が、長屋の薄い壁越しに夢楽の耳に届いていた。

「おさよはとても可愛らしい子なんですが、少々気が強くてね。あまのじゃくの忠太とは、しょっちゅう喧嘩をしているんですよ」

最初は口喧嘩だが、最後にはつい、おさよが手を出してしまうのだ。そして女相手にはやり返さぬというお決まりの台詞で忠太が去っていき、喧嘩は終わる。

夢楽は苦笑しながら、一人の男児に目を向けた。

「あれが忠太です」

もうすぐ寺子屋へ通い始めるような年頃である。お蝶の目前にでんと立って、腕組みをしながら手妻を見ていた。

なるほど、がっしりした体格なので、女相手にやり返したりしねえという台詞も様になりそうだ。

「根はいいやつなんですよ。あの日だって、お蝶の手妻を一番楽しんでいたのは、忠太だったかもしれない」

長屋の大人連中を相手に軽口を叩けば、いつもなら言い返して構ってもらえる。相手が忙しければ、受け流されて終わりである。

それなのに、お蝶は恐怖に顔を引きつらせてぶるぶると震え、一目散に逃げ出した。

「長屋の子供たちが年上の悪がきに絡まれたって、あんなに怯えたりはしないでしょう」

自分を無視するお蝶の気を引きたくて、野次を飛ばし続けた忠太だったが、お蝶のあまりの怯えっぷりに、内心では気まずくなっていたのではないか、と夢楽は続けた。

おさよたちに責められたあと、知らん顔を決め込んでいた忠太だったが、お蝶が来なくなって三日目の夕方に、こっそり夢楽の部屋を訪ねてきたという。

――あいつ、もう二度と来ねえのかな――。

お蝶は外に出るのが怖くて閉じこもってしまったと夢楽が告げると、忠太はひどく胸を痛めたような表情になった。

――やっぱり、おいらのせいかな――。

夢楽は首を横に振った。

――お蝶のやつは、もともと弱虫でな――。

夢楽の言葉に少し安堵(あんど)したような表情になって、忠太は言った。

――そんじゃ、おいらがちょっくら迎えにいってやるよ――。

もう暗くなるから明日にしろ、明日なら一緒に行ってやるから、と言った夢楽にうなずいた忠太だったが、夕餉(ゆうげ)の支度をしている母親の目を盗んで長屋を抜け出した。

「まったく無茶をするやつです」

日が暮れかかる大川沿いの道を突き進み、まるで不夜城のごとく提灯(ちょうちん)の明りで照らされた両国の盛り場を駆け抜け、鶴亀一座の芝居小屋へ辿(たど)り着いた忠太は、親にはぐれた子犬のような目をしていたという。

お蝶に会いにきた旨を忠太が告げると、舞台を終えてくつろいでいた両親兄姉が出入口まですっ飛んできた。お蝶に来客だなんて、しかもこんな子供が一人で、と驚きながら、両親兄姉はすぐに忠太を奥の部屋へ通した。

うつむき続けるお蝶の前に仁王立ちすると、忠太は芝居小屋の外まで轟くような声で叫んだ。

——おい、弱虫っ。おまえのせいで、おれは、おさよに拳骨を食らっちまったんだぞっ——。

どこまでもあまのじゃくな態度の忠太であったが、ふんぞり返りながら続けた言葉は素直だった。

——おまえが来ないせいで、つまらねえじゃねえか！　おまえの手妻が見たくて、みんな待ってるんだぞ。おれだって、楽しみにしてるんだからなっ——。

お蝶は恐る恐る顔を上げると、忠太を見た。

——だって、あたしの手妻は下手くそだって。つまんねえって——。

忠太は首をかしげて、お蝶の顔を覗き込んだ。

——そうだっけ。忘れちまった。おれ、その場の勢いで言ったこと、いちいち覚えてねえんだ——。

それでよく、かあちゃんにも怒られんだ、と忠太は笑ったという。

お蝶は、がくっと床に手をついて崩れ落ちた。

——あたしがもう駄目だと思い詰めていたこの三日間は、いったい何だったの——。

すねたように「馬鹿らしい」と呟いたお蝶の顔からは、ごっそり何かが抜け落ちたかのようだったと、長屋まで忠太を送り届けたお蝶の父親が夢楽に語っていた。

――とにかく、待ってるからな。明日は必ず来いよ。約束だからな――。

帰り際の忠太の言葉に、お蝶はうなずかなかったが、翌日また長屋へ足を運んだ。

子供たちは大喜びで迎え、お蝶は手妻を披露した。

最初は手が震え、失敗もしていたという。

「何やってんだよ、ぼけっとすんな！」

不意に、井戸端で大声が上がった。すずは思わず、びくりと肩をすくめる。

声がしたほうを見ると、忠太がお蝶に向かって金輪を突き出していた。演技中に落としてしまったらしい。

「そんな言い方ないでしょう！」

忠太の前に立ちはだかったのは、よちよち歩きの幼子と手を繋いでいる女児である。

「あの子が、おさよちゃんですか？」

すずが小声で問うと、夢楽はうなずいた。

おさよは忠太を睨みつけると、奪うように金輪を取った。やはり女の子を相手に手加減しているのか、忠太は意外なほどあっさり手を放した。

おさよはお蝶に金輪を返すと、忠太に向き直る。

「三太が急に近づいたから、お蝶姉ちゃんはびっくりしちゃったんじゃないの。ぼけっとなんかしてないわよっ」

忠太は、ふんっと鼻息を荒く飛ばす。

「この間も、三太に金輪を引っ張られたじゃねえか。三太が近づいてきたら、よけなきゃ駄目だろ。とろいんだよ」

おさよは目を吊り上げた。

「何ですって！」

左手を三太と繋いだまま、勢いよく右手を振り上げる。

あっ、手が出てしまう——とすずが思った時、おさよの顔の前にふわりと何かが舞い降りてきた。おさよは、ぱちくりと瞬(まばた)きをする。

次から次へと、色とりどりの紙の花が、おさよと忠太の間に降ってくる。

ぽかんと上を見るおさよと忠太の頭上で、お蝶が空の引き出しを振っていた。

「はい、喧嘩はおしまい」

子供たちが歓声を上げて、紙の花を拾い上げる。よちよち歩きの三太も、おさよの手を離れて紙の花に手を伸ばした。

子供たちがお蝶に紙の花を届ける。

「はい、お蝶姉ちゃん」

「ありがとう」

お蝶は引き出しの中に花をしまうと、井戸端に置いた。腕に通していた何本かの金輪を両手に持ち直して、子供たちに向き直る。

「さあ、続きをやるよ」

子供たちがお蝶の前に並んだ。おさよと忠太も、いそいそと並び立つ。

「種も仕かけもございません」とお決まりの口上を述べ、何本もの金輪を高く掲げてみせてから、お蝶はひとつずつ次々に金輪を繋げていく。あっという間にすべての金輪が繋がった。

一列に連なった金輪は、お蝶がくるりと一回転すると、大きな花の蕾（つぼみ）のような形になり、もう一回転すると、満開の大輪の花のような形になった。

「わあっ」

子供たちは拍手喝采する。

「お蝶姉ちゃん、すごい」

「もっと！　もっとやって！」

忠太がおどけながら手を叩いて、その場でくるくると回った。

お蝶は笑顔で忠太の頭を撫でると、次の手妻へ移った。

子供たちは静かになって、お蝶の演技に見入る。忠太も夢中になっていた。

すずは感嘆の息をつく。

「お蝶さん、ずいぶん変わりましたね」

すずの言葉に、夢楽が目を細めた。

「子供たちのおかげで、自分は手妻が好きなんだという気持ちを取り戻したようです。心底から楽しむことができれば、あとは……」

夢楽の声をかき消すように、すずの背後から男の叫び声が響いた。

「おおい、夢楽さんっ、いるかい⁉」

振り向くと、若い男が血相を変えて駆けてきていた。どぶ板を踏み鳴らし、あっという間に目の前まで来ると、男は夢楽の真正面に立つ。

「よかった、いてくれて」

男は肩で息をつきながら、夢楽に向かって手を合わせた。

「今すぐ一緒に奥山へ来てくれ。雷太（らいた）の代わりに、花月座（かげつざ）の舞台へ上がってくんな。夢楽さんが代わりを引き受けてくれなきゃ、今日の舞台に穴が開いちまうんだよ」

お蝶が手を止め、男と夢楽を見つめた。井戸端の子供たちも、何事かと振り返っている。

男はうわ言のように「頼む、頼む」とくり返した。

「茂蔵（しげぞう）、落ち着け。何があったか、最初から話してくれ」

夢楽の呼びかけに、茂蔵と呼ばれた男は激しく頭を振った。

「これが落ち着いていられるかってんだ、ちくしょう。もう時がねえんだよ。雷太のやつ、急に腹を壊しちまってよぉ」

茂蔵は「ああ」と嘆き声を上げてから、気を静めるように大きく息をついた。

「あの野郎、厠（かわや）にこもって、全然出てきやしねえんだ。あれじゃ今日の舞台は無理だぜ。夢楽さん、どうか雷太の代わりに手妻をしてくんな。花月座を助けてくれ」

茂蔵は深々と頭を下げた。

「そう言われてもなあ……」

夢楽は困り顔になる。

「実は、昨夜、手を痛めちまってよ。しばらくの間、手妻はできそうにねえんだ」

「ええっ」

茂蔵とお蝶の叫び声が重なり合った。

子供たちの向こうにいたお蝶が血相を変えて飛んでくる。

「お、お師匠さん、どこを痛めたんですか。右手？　左手？　どの指ですか。それとも指じゃなくて、手首？」

お蝶は真っ青になって慌てふためきながら、夢楽の右手と左手を交互に凝視した。

「お医者には診（み）せたんですか。冷やしましたか？　温めましたか？」

「お蝶、おめえも落ち着け」

「落ち着いてなんかいられませんよ！」

お蝶は泣きべそをかいた。

「お師匠さんの大事な手が……いったい、どうしてそんなことに……」

夢楽は気まずそうな顔で肩をすくめた。

「出先から帰って、草履を脱いだ時によろけちまってよ。転ばねえように上がり口に手ぇついたら、ちょいと変なふうにひねっちまったんだ」

お蝶は恨みがましい目で夢楽の顔を見る。

「どうして夜に出かけたりするんですか。家でおとなしくしていればよかったのに」

夢楽は鼻の頭をかきながら、目をそらした。

「仕方ねえだろ。酒を切らしちまったんだから」

「お酒なんかなくても死なないのに」

お蝶の涙声に、夢楽は顔をしかめた。

「晩酌しねえと、気持ちよく眠れねえんだよ」

夢楽はため息をついて、左手で右手首をさする。

「まあ、たいしたことはねえんだ。けど、まだちょいと痛みが残っているんでな。ここで無理して、万が一にも治らなくなったりしたらいけねえからよ」

「絶対に駄目です！」

お蝶は叫んだ。

「お師匠さんに、もしものことがあったらどうするんですか。絶対、じっとしていてください。お医者にも診せないと駄目ですよ。今から行きましょう」

「いや、そこまでじゃ……」

二人のやり取りに、すずは宇之助を見上げた。

宇之助は首を横に振り、黙って見ていろと目で告げてくる。

茂蔵が「うわあ」と大声を上げて頭を抱えた。

「花月座の今日の舞台はどうすりゃいいんだ。他に誰か、手妻師はいねえのかよぉ」

茂蔵の言葉に、子供たちがお蝶を指差す。

「お蝶姉ちゃんも手妻師だよ」

「さっきから、ここですごい手妻をやってたんだ。箱から、お花がたくさん出てきたり」

「昨日は、お手玉が飛び出してきたんだよねえ」

「紙の人形がひょこひょこ動くのも、面白かった！」

茂蔵はぐわっと目を見開いて、お蝶を見た。

「そんだけできれば上等だっ」

茂蔵は崩れ落ちるように、お蝶の前に膝をついた。

「頼む！　舞台に出てくれ！　花月座を助けてくれよ」

神に祈りを捧げるように、茂蔵はお蝶に向かって高く両手を合わせた。

お蝶はおろおろと視線を泳がせる。

「いや、でも、あたし、まだ舞台には——子供たちの前では何とかできるようになりましたけど——」

茂蔵は地面に額をすりつけた。

「頼む。この通りだ。頼む」

「いや、そんな、やめてください」

お蝶は慌てて茂蔵の前にしゃがみ込んだ。

「頭を上げてください」

茂蔵は顔を伏せたまま頭を振った。

「きっと助っ人を連れてくるって、花月座のみんなに約束したんだ。このままじゃ、帰れねえ」

茂蔵の声には悲壮な決意がみなぎっていた。

「観にきてくれる客のため、今この時にできる最善を尽くさなきゃならねえと、おれは花月座のみんなに教わった」

茂蔵は声をかすれさせた。

「情けねえが、しがない客引きのおれには、舞台に立って雷太を助けてやることができねえ。こうやって這(は)いつくばって、なり振り構わずあんたに頼むしかねえんだよ。ごろつきだったおれを拾って、育ててくれた、花月座のみんなのためにできることは、これくれえしか」

　夢楽もしゃがみ込み、茂蔵の肩に手を置く。

「茂蔵……」

　子供たちがお蝶を取り囲んだ。

「お蝶姉ちゃん、やってやりなよ」

「このお兄ちゃん、かわいそう。助けてあげて」

　お蝶は困り顔になる。

「でも……」

　おさよが小首をかしげて、お蝶の顔をじっと見る。

「お蝶姉ちゃんが舞台に立つの、あたし見たい」

　子供たちが手を叩いて同意した。

「あたいも見たい！」

「おいらも」

「あたしも」

　忠太がお蝶の肩をばしんと叩いた。

「やってやれよ！　怖くなったら、またここへ逃げてくりゃいいんだからよ」

そうだ、そうだ、と子供たちが手を叩く。

「みんな……」

お蝶は子供たちの顔を見回した。子供たちはみな屈託のない笑顔をお蝶に向けている。

夢楽がまっすぐにお蝶を見た。

「子供たちの期待を背負って舞台に立て、お蝶。もっともっと、みんなを喜ばせてやったらどうだ」

お蝶は夢楽に向き直り、その目を見つめ返した。

「お師匠さん……」

子供たちは手を叩きながら飛び跳ねている。大はしゃぎで駆け回る子供もいる。

「舞台！　舞台！」

「行きたい！　行きたい！」

何の騒ぎかと、部屋で内職をしていたかみさんたちが出てきた。

「かあちゃん、お蝶姉ちゃんの舞台を見にいきたい」

「行ってもいいだろう？」

子供にしがみつかれたかみさんたちは戸惑い顔で、お蝶と夢楽を見る。

「舞台って、芝居小屋でお蝶ちゃんの稽古を見せてくれるってことかい？」

「違うやい」

子供の一人が声を上げる。

「稽古じゃないよ。本番の舞台だよ」

子供たちがみなそろってうなずいた。

お蝶はごくりと唾を呑む。

子供たちの期待に満ちた眼差しが突き刺さるように、お蝶に集まっている。

しばし無言の時が流れた。

お蝶は川面に顔を出した鯉のごとく、あわあわと口を開け閉めしながら、再び子供たちの顔をぐるりと見回した。

「あ、あたし……」

お蝶を見つめる子供たちの目が輝きを増す。みな息をひそめて、お蝶の言葉を待っている。

「あたし……」

お蝶はぎゅっと目を閉じて、唇を引き結んだ。

そして、えいやっと言わんばかりの顔で口を開く。

「やります」

悲鳴のような細い声だったが、その声は、はっきりと周囲に伝わった。

「うわあい！」

「やったあ」

子供たちが叫び声を上げる中、お蝶は放心したように地べたに座り込んでいた。

「い、言ってしまった……」

顔を上げた茂蔵が、再び深く頭を下げる。

「ありがてえ。本当に、感謝するぜ。お礼と言っちゃなんだが、この子たちはおれが招待する」

お蝶は地面の上に居住まいを正すと、茂蔵の前に手をついた。

「いえ、あの、こちらこそ、どうぞよろしくお願いいたします。精一杯、務めますので」

ふうっと大きく息をついて、お蝶は立ち上がった。

と同時に、突然、お蝶の頭上に光が降り注ぐ。

すずは空を仰いだ。

厚い雲の切れ間から、強い輝きを放つ日輪が顔を覗かせている。

つい先ほどまで、雨が降りそうだったのに……。

お蝶に目を戻して、すずは息を呑んだ。

光の中にたたずむお蝶の体から、陽炎（かげろう）のように立ち上る何かが見える。

氣——というものだろうか。

凜（りん）と顔を上げ、光差す空の彼方を眺めるお蝶はまるで、舞台の上で強い照明を浴びて輝く一流芸人のような風格をかもし出している。

すずの隣に立つ宇之助が、にやりと口角を上げた。

「殻を破ったな」

灰色だった雲は日輪に照らされて、鈍い黄金色に輝いている。

風がゆっくりと雲を押し流した。

雲が形を変えていく。その中に、羽を広げた蝶のような形の雲がひとつあった。

それはまるで、蛹(さなぎ)から抜け出た蝶が大空に飛び立つ姿のようだと、すずは思った。

✿

雲が形や色を変えるのは、神さまの手妻なのかと思っていた頃があった。

さっき見た空を思い出しながら、お蝶は幼き日々を振り返る。

長屋の子供たちのように、お蝶もきらきらと目を輝かせて、よく夢楽の手妻に見入っていたものだ。

お蝶は鏡の中を覗き込むと、丁寧に紅を引いた。緊張はしている。けれど、唇も指先も震えてはいない。

「お蝶さん、出番です」

花月座の者に声をかけられて、お蝶は楽屋を出た。

「こちらです」

舞台まで続く廊下は長く感じたが、心は驚くほど凪いでいた。

頭には何も浮かばない。

手妻の道具を手に、ただ足を前へ出し続けている。

辿り着いた舞台の上で、お蝶は丁寧に一礼した。

「いよっ、代役！　雷太より上手くできんのかあ⁉」

半分ろれつの回っていない声が客席から上がった。酔っ払いか。小娘だと侮っているのがよくわかる。

お蝶は微笑みながら、懐から白い紙を取り出した。ねじりながら、蝶の形に仕立てていく。

薄暗い舞台の下からじっと見上げてくる子供たちの顔が目の端に映った。子供たちと一緒にいる師の夢楽や、占い師がらん堂、茶屋娘すずの姿も見える。

「ちまちま何やってんだ！　さっさと手妻を始めやがれ」

うるせえ、もう始めているじゃねえか、と別の客が声を上げる。

お蝶は微笑みを崩さずに、紙の蝶を仕上げた。

不思議なほど、心は凪ぎ続けている。

楽屋に入る直前、夢楽にかけられた言葉が頭の中によみがえってきた。

──手妻の道具は、ただの物じゃねえ。魂を宿し、人に幻を見させる生き物のようなもんだ。芸を磨けば磨くほど、それはおまえ一人のものじゃなくなってくるぞ──。

手の平の上に載せた紙の蝶をじっと見つめ、息を吹きかける。

ふわりと宙に浮かせ、すかさず二本の扇であおいだ。

ひらり、ひらり。舞台の上を白い蝶が舞う。

戸の閉められた場内で、客席は暗い闇に包まれている。

しんと静まり返った客席に向かって、お蝶は蝶を操り続けた。

蠟燭の火明りに照らされた、ここは幽玄の森──。

花から花へと飛び回るように、一羽の蝶が二本の扇の間を行き来する。花の蜜を吸うがごとく扇に止まっては、また飛び立つ。

ほうっ、と客席からいくつもの吐息が上がった。

三味線の音に合わせ、蝶は軽やかに舞い続ける。

突然、強い風が吹きつけてきた。

蝶が風であおられる。

何の手違いか、ぴたりと閉められていたはずの客席の向こうの戸が大きく開いていた。

お蝶は素早く扇を動かし、くるりと体を回しながら、風の流れに合わせて蝶を操った。

蝶につけてある細い糸を切らさぬよう、考えるより前に体が動いていた。

稲妻のごとき手さばきに、客席から拍手が上がる。

外からさまざまな音が場内に飛び込んでくるが、まったく気にならない。盛り場の喧噪は、お蝶の耳を素通りしていくだけだ。

酔った男が外から戸を引き開けてしまったらしく、花月座の者が慌てて追い出しているのを、お蝶は目の端にとらえていたが、なぜか動揺はなかった。

ただ目の前の蝶を見つめ、手を動かし続けるのみである。

一瞬ざわついた客席も再び静まり返り、人々は白い蝶を見つめている。

今、舞台の上を舞う蝶に、人々は何を見出しているのか。

この幻(ゆめ)は、お蝶のものであって、お蝶のものにあらず。

夢現(ゆめうつつ)の間をたわむれるように、蝶はひらひら飛び続ける。

力つき、草葉に見立てた扇の上で命の鼓動を止めるまで――。

扇と扇の間に蝶を挟んで、お蝶は深々と客席に向かって一礼した。

❀

お蝶の演技が終わり、場内が拍手喝采に包まれる中、すずは乱れた心を静めようと懸命に努めていた。

舞台の上を舞っていた白い蝶を見て、幼い頃に持っていた蝶の玩具(おもちゃ)を思い出したのだ。

壊れてしまった蝶の玩具を買いにいくため家を出て、すずの父はそのまま行方知れずとなった。

おとっつぁんがいなくなったのは、あたしのせい――という思いは、十年経ってもまだ消えない。

玩具が壊れたのは、父が踏みつけてしまったせいだったが、わざとではなかったのだ。それなのに、幼かったすずは、やっと買ってもらった蝶々の玩具が壊れてしまい、悲しくて、悔しくて、ひどく怒った。

あんなに泣いて責めなくてもよかったのに、と今なら思う。

新しいのを買ってきてやると言って出かけた父が、まさか帰ってこなくなるだなんて夢にも思わなかったから、引き留めもせずに送り出した。

父と一緒に暮らし続けていけるのなら、蝶々の玩具なんていらなかったのに。

十年前に戻ってやり直したいと、どんなに強く願っても、時は巻き戻せない。

「おい、行くぞ」

宇之助に肩を叩かれ、はっとした。

「どうした?」

「いえ、何でもありません」

すずは作り笑いで首を横に振る。

「お蝶さんの手妻の素晴らしさに、感動のあまり、ぼうっとしてしまいました」

夢楽に促され、みなで楽屋へ向かう。

お蝶は舞台衣装を身につけたまま、茶を飲んでいるところだった。

「あっ、お師匠さん」

舞台でよく映えるよう濃い化粧を施していたお蝶の顔が、夢楽の姿を見たとたん、ほっと大きくゆるむ。

「よかったぞ、お蝶。小屋の戸が開いて、風が吹き込んできた時にはどうなることかと思ったが、上手く切り抜けたじゃねえか」

「はあ……よく覚えていないんですけど」

後ろ頭をかくお蝶に、夢楽は笑う。

「それだけ没頭していたってことか」

花月座の茂蔵が恐縮しきりの顔で頭を下げた。

「本当に申し訳ねえことでした。小屋の前を通りかかった者に、ちょいと道を尋ねられている間に、とんでもねえしくじりを――」

お蝶は笑顔で首を横に振る。

「七兵衛長屋で鍛えられましたから」

夢楽がうなずく。

「外でもっと強い風が吹いて、手妻を中断したこともあったな」

夢楽は、ぽんぽんと茂蔵の肩を叩いた。

「まあ、気にするな。それより、明日には雷太の具合がよくなっているといいんだが」

お蝶が、ぎょっとしたように目を見開く。

「お、お師匠さん、手は大丈夫なんですか」

茂蔵の肩に置かれた夢楽の右手に、みなの視線が集まった。

「お師匠さんが痛めたのは、右手じゃなくて左手ですか？」

夢楽は眉間（みけん）にしわを寄せ、手を引っ込める。

「ああ、うん……いや、もう治った」

お蝶は、ぽかんと口を開ける。

「え？　だって、しばらくの間、手妻はできそうにねえって……」

「嘘だな！」

忠太が叫びながら、夢楽を指差す。

「自信がねえから、痛いふりして逃げたんだろう。お蝶姉ちゃんのほうが手妻が上手いから、お蝶姉ちゃんに舞台をやらせたんだな！」

子供たちが「えーっ」と声を上げる。

「夢楽さん、ずるい」

「嘘ついたらいけないんだよ」

夢楽は後ろ頭をかきながら苦笑した。

「だが、おれの言った通りになっただろう」

子供たちが小首をかしげる中、夢楽はお蝶の目をじっと見つめる。

「おれがいいと思ったものは、必ず当たるんだ。おめえは絶対に、いい手妻師になる。今日は、それを証明する日になったぜ」

お蝶は目を潤ませた。

「お師匠さん……」

腰に手を当てた忠太が、ふんぞり返る。

「そんじゃ、まあ、勘弁してやらあ。お蝶姉ちゃんも、許してやんな」

お蝶は微笑みながらうなずいた。

忠太がおどけながら、手を打ち鳴らす。

「よぉし。めでたし、めでたしだぜ！」

子供たちも「めでたし、めでたし」とくり返しながら、手を叩いた。

お蝶と夢楽は顔を見合わせて笑っている。

すずは、そっと宇之助にささやく。

「あたしに黙っているよう合図してきた時、宇之助さんもこうなることがわかっていたんですね」

「さあな」

だが宇之助の目は「そうだ」と語っていた。

眠くなったのか、三太がぐずり出す。おさよが抱いてあやしても、機嫌は直らない。

「そろそろ帰るか」

夢楽の言葉に、茂蔵が改めて深々と頭を下げた。

「本日は誠にありがとうございやした。お蝶さんのおかげで、舞台に穴を開けずに済みました」

お蝶は首を横に振る。

「こちらこそ、いい経験をさせていただき、ありがとうございました。子供たちも客席に入れていただいて、心強かったです」

夢楽に促され、子供たちが「ありがとう」と声をそろえる。

茂蔵はにっこり笑って、近くにいた子供の頭を撫でた。

「また来てくんな。今度はしっかり木戸銭（きどせん）を払ってもらうから、おっとうやおっかあを連れてくるんだぞ」

「はあい」

子供たちの元気な声が、楽屋に響き渡った。

花月座を出ると、とっぷり日が暮れていた。

興奮した子供たちを連れて帰るのに、お蝶と夢楽だけでは心許ないので、すずと宇之助も一緒に長屋まで送っていく。

夢楽が三太を負ぶい、そのあとを子供たちが一列になって、見世物小屋が建ち並ぶ浅草奥山を抜けていく。

花月座から借りた提灯で、すずとお蝶が一同の足元を照らした。

盛り場の賑わいの中、子供たちがはぐれぬよう後ろから見張るのは宇之助の役目だ。

そぞろ歩く人々の隙間を縫うように、屋台から香ばしい醤油のにおいが漂ってくる。猛烈に「食っていけ」と誘ってくるのは、烏賊焼きのにおいだろうか。

だが子供たちは目もくれない。

人垣の向こうで独楽回しを披露している芸人にも、世にも恐ろしいという蛇女の看板にも、まるで興味を示さずに歩いている。

みな満ち足りた表情をしていた。

七兵衛長屋の子供たちにとって、舞台に舞う蝶が最高の思い出になったであろうことを、すずは少しうらやましく思った。

蝶といえば、すずの中では、やはり行方知れずとなった父と結びついてしまう。

提灯で子供たちの足元を照らしながら、すずは「けれど」と思い直した。

お蝶の見事な手妻が、すずの目に焼きついている。

蠟燭の火明りに照らされた舞台の上を、ひらりひらりと軽やかに舞う白い蝶は、とても美しかった。まるで精霊の森の中に迷い込んだような心地になって、ほんのひと時、すべてを忘れた。

お蝶が紙の蝶に命を吹き込み、客たちを浮世離れしたどこかへ連れていったのだ。

ふと列の先頭に目をやれば、三太を負ぶった夢楽の背中はこの上なく上機嫌に見えた。

年を取り、長旅が身にこたえるようになってきたので、この冬で引退するというのは本当だろう。

けれど、よそから別の手妻師を引っ張ってきて跡継ぎにするというのは、きっと嘘だ。どうにかしてお蝶を奮起させるための方便だったに違いない。

この先、お蝶は鶴亀一座の名を広める手妻師になっていくだろう。

夢楽はずっと、お蝶を信じ続けていたのだ。

七兵衛長屋へ寄り、たまやまで戻ると、すずは戸口で宇之助と別れた。両国までお蝶を送っていくという後ろ姿を見送ってから、何気なく空を仰ぐ。

無数の星が瞬(またた)いていた。

この同じ空の下に父は生きている——そう強く信じたくなった。

暗い夜空を、ゆっくりと天の川のような雲が流れていく。それは少しずつ形を変えて、角や髭のある龍のような姿になった。

憑いている龍が慰めてくれているような気がして、すずはそっと肩に手を当てた。

「た、大変ですっ」

翌日、店開けとともにたまやに飛び込んできたのは、髪を振り乱したお蝶である。

「こ、これを見てください！」

店の奥の占い処へまっすぐに進むと、お蝶は懐から取り出した紙を長床几の上に置いた。宇之助が渡した形代である。

「や、破れてしまいました」

お蝶は泣きべそをかいて、宇之助の前に座り込んだ。

すずが覗き込むと、形代は縦真っ二つに破れていた。

「朝起きたら、こうなっていたんです。枕元に丁寧に置いて寝たのに。寝相が悪くて手が当たってしまったなんてことは、ないはずです。たぶん……」

お蝶は不安げな顔で、形代と宇之助を交互に見た。

「ふ、不吉なことが起こる前触れなんでしょうか」

宇之助は笑いながら首を横に振ると、破れて二枚になった形代を両手でつまみ上げた。

「お蝶ちゃん、これは、こいつが役目を終えた証だぜ」

「え？」

お蝶は形代を凝視する。

宇之助は両手を動かして、ひらひらと形代を揺らした。

「こいつは、おれが預かって、しっかりお焚き上げしといてやるよ」

「はあ……」

形代を見つめるお蝶の表情が、ますます不安そうに曇った。

宇之助はお蝶の顔を覗き込む。

「お守りがなくたって、もう大丈夫だろう？　お蝶ちゃんには、励ましてくれる者がいるんだからよ」

夢楽や七兵衛長屋の子供たちの顔を思い出したかのように、お蝶は微笑んだ。

そして力強くうなずく。

「はい、大丈夫です」

宇之助はうなずき返すと、破れた形代を懐にしまった。

「がらん堂さん、本当にいろいろと、ありがとうございました」

お蝶は一礼すると、軽やかな足取りで帰っていく。

大きく羽ばたく揚羽蝶のような後ろ姿だと、すずは思った。

第三話　恋の行方

ちゅるりと一本、蕎麦（そば）を吸い上げる若い男がいる。さっきから、ああやって、少ない本数を箸（はし）でつまみ、口に運んでいるのだ。熱いかけ蕎麦を運んでいったのだが、あの食べ方では、もうすっかり冷めてしまっただろう。

男は入口付近の長床几（ながしょうぎ）で蕎麦を食べながら、たまやの奥にある占い処をちらちらと見ている。

すずはさりげなく、男の様子を見守った。

身なりからして、お店者（たなもの）――いい着物をまとっているので、手代（てだい）などではなく、若旦那（わかだんな）といったところだろう。しかし、それにしては、どことなく貧相に見えてしまう。

「姉さん、ごちそうさん」

別の客に声をかけられ、すずは勘定を受け取りに向かった。

「ありがとうございました。またどうぞお越しください」

空いた器を下げると、また新たな客の注文を受けて、品を運んでいく。

そんなことを何度かくり返しているうちに、店内は蕎麦をちびちびと食べていた男一人になった。

箸を置き、微動だにしなくなっているので、もう蕎麦を食べ終えたのだろう。

器を下げてよいものかと、すずは迷った。

深刻な悩みを抱き、占いにすがるべきか考えあぐねているのだとしたら、もう少しそっとしておいてやりたい気もする。どんぶりを下げることで店にいづらくなり、占いを受けようとする勇気をくじいてしまったら……。

思わず視線を向けたら、男と目が合った。

すずの目を避けるように、男が立ち上がる。

帰ってしまうのだろうか、とすずが案じたのもつかの間、男は意を決したように店の奥へ足を向けた。顔を強張（こわば）らせて、宇之助の前に立つ。

一人がけの床几に座っていた宇之助は鷹揚（おうよう）に男を見上げた。

「占うのかい」

男はうなずいて、すずのほうを見ぬまま茶を注文した。宇之助に促され、占い処の客席に腰を下ろす。

文机代わりにしている長床几を挟んで宇之助と向かい合い、男はしばし黙り込んでいた。

すずは茶を運ぶと、さりげなく調理場の入口付近に控える。

宇之助は悠然と微笑みながら男を見ていた。

「おまえさん、名前は？」

「富次郎と申します。家は、神田で橋本屋という酒屋を営んでおりまして」

「名前からすると、次男かい」

「はい。家は、しっかり者の兄が継ぐことになっております」

宇之助は訳知り顔でうなずいた。

「家の者に打ち明けられぬ悩みを抱えてきたってわけだな」

「そうなんですよ」

富次郎は、ぐいと長床几の上に身を乗り出した。

「実は、惚れた女がいるんですが、おっかさんが毛嫌いしておりまして……あんな女と所帯を持つのは駄目だと言うんです」

宇之助は「ふうん」と目を細める。

「家風に合わねえってか？　家業を継がねえ次男の嫁でも駄目なのかい」

富次郎はうなずいた。

「女髪結いなんですが、そんな商売の女と縁続きになるのは嫌だと言われました」

富次郎が惚れた女、おひでは床屋を持たぬ廻り髪結いで、あちこちの町家に出入りしているという。

「話し上手の聞き下手とはよく申しますが、おひでの場合は聞くのも上手で、商家のご内儀の覚えもめでたいようです」

髪を梳きながら相手の心をほぐし、髪を結い上げながら相手の心を整えるという評判で、贔屓客も多かった。

「ですが、おっかさんは、それが気に入らないようで」

人の愚痴をにっこり笑いながら聞いて、貝のように口を固く閉ざしていられる女などいるわけがない。貝は熱すれば、ぱかっと口を開く生き物だ。おひでだって、他人の家に出入りして見聞きした内情を、どこかでぽろりとこぼしているに違いない。橋本屋の嫁となれば、今度は橋本屋の内情をあちこちで吹聴するに決まっている——と、富次郎の母は危惧していた。

「それは誤解だと、何度訴えても、おっかさんは聞く耳を持ってくれません」

いずれ富次郎には暖簾分けをして店を持たせるという話も出ているが、おひでのような女を嫁に迎えては上手くゆかぬの一点張りだ。内所を切り盛りし、富次郎を支えることなどできるはずがないと決めつけている。

酒屋には、酒屋の娘を嫁に迎えるほうがよいと言い張って、富次郎の母は同業の家に年頃の娘がいないか探し始めたという。

「おとっつぁんも、兄さんも、おっかさんの言い分には一理あると思っているようで、やめろと言ってくれません」

宇之助がうなずいた。

「同じ生業（なりわい）の家の娘であれば、わかり合える苦労も多いだろうからなあ。育った境遇も似ているだろうしよ」

富次郎は唇を尖（とが）らせる。

「同業でつるむのが必ずしもいいとは限りませんよ。新しい風は、違う世界から吹いてくるものじゃありませんか」

「まあ、富次郎さんの言葉にも一理あるよなあ」

「そうでしょう！」

富次郎は腰を浮かせた。

「いったいどうしたら、おひでと一緒になれるのか、占ってください。おっかさんやおとっつぁんの気持ちを変えて、おひでをわたしの嫁にするためには、どんな手立てを講じたらいいんでしょうか」

宇之助は小首をかしげて、じっと富次郎の顔を見た。

「その前に、おひでさんの気持ちはどうなんだい。富次郎さんのおっかさんに反対されていると聞いて、何て言ってる?」

富次郎は口をつぐんで座り直した。宇之助は逃すかと言わんばかりに身を乗り出して、富次郎の顔を覗き込む。

「おひでは……何も……」

富次郎が言い淀んだ。

すずはさりげなく富次郎の目を見る。

先ほどまで何の疑念も抱かなかったが、今の富次郎からは嘘の気配がうっすらと漂ってきている。

しかし、完全な嘘とは言い切れない。

濁り水を飲まされたような気持ち悪さが、すずの喉元に込み上げてきた。

これはいったい何だろう……。

宇之助がまっすぐに富次郎を見すえる。

「もう一度聞くぜ。おひでさんは何て言ってるんだ?」

富次郎は、むすっとした顔で腕組みをした。

「何も言っていませんよ。おひでには、まだ所帯を持ちたいと告げていないんです」

宇之助は目をすがめる。

「どうして告げねえんだ？　おひでさんの仕事の話なんかも、富次郎さんはよく聞いているようじゃねえか。富次郎さんのほうの話だって、まったくしねえわけじゃねえだろう？」

「ええ、まあ――」

嘘だ。

今度はすぐに、はっきりとわかった。富次郎は、おひでに自分の話などしていない。

宇之助が長い唸り声を上げた。

「富次郎さん、念のために聞いておくが、おひでさんとはどういう仲なんだい」

「どういう仲って、どういう意味ですか」

富次郎は明らかに動揺した顔で目を泳がせた。

「わたしは、おひでを嫁にしたいと思っているんですよ。それが何か？　おひでの気持ちがわからないと、占いに支障が出ますか」

宇之助は苦笑する。

「占う事柄が、変わってくるんじゃねえのかい」

幼子を諭すように、宇之助は続けた。

「いつか所帯を持ちたいと夢想するほど強く憧れている女を口説くにはどうしたらいいかってえのと、互いに気持ちを通じ合わせている女と所帯を持つためにはどうしたらいいかってえのは、まったく違う悩みだぜ」

富次郎は納得できぬと言いたげに眉根を寄せる。

「わたしは、おひでと一緒になれればいいんですよ」

「うん、だからな、富次郎さんよぉ」

噛んで含めるように、宇之助はゆっくりと、ひと言ずつ告げる。

「物事には、順序ってもんがあるだろう。そう一足飛びには、いかねえよ」

富次郎はもどかしそうに身をよじる。

「そんなの、わからないじゃありませんか。おひでの気持ち次第で、物事は一足飛びにいくかもしれない」

「それじゃ、まずは、おひでさんの気持ちを動かさなきゃならねえよなあ」

じっと目を覗き込まれて、富次郎は気圧されたように腰を引いた。宇之助は目を合わせ続ける。

「おひでさんの仕事ぶりなんかは、いったい誰に聞いたんだい？」

「そ、それは……」

人を雇って、と富次郎は小声でつけ加えた。

「おひでさんの身辺を調べさせたのかい」

「ええ」

富次郎は宇之助から目をそらす。

「見合い相手の人となりを調べるなんてこと、珍しくもないでしょう。世間じゃよくある話ですよ」

「だが、おひでさんは富次郎さんの見合い相手じゃねえよなあ」

富次郎は悔しそうにうなずいた。

「ひと目惚れした女のことを知りたいと思っちゃいけませんか」

「いけなくはねえさ。けど、富次郎さんは、おひでさんと直接話したことがあるのかい」

宇之助の言葉に、富次郎は無念そうに唇を噛んだ。

「ありませんけど」

「やっぱりなあ。途中から、あれ、ひょっとして、と思ったんだ」

宇之助は床几に深く座り直した。

「人伝（ひとづ）てに聞いた話だけで、おひでさんと深い仲になれるわけがねえだろう。仲を取り持ってくれる者がいないとなりゃあ、富次郎さん自身がおひでさんに話しかけて、知り合いになるところから始めなきゃならねえ。所帯を持つうんぬんの話は、もっとあとのなりゆきによるだろう」

「それは……」

「そうだよな」

宇之助は断言する。

「どこぞの殿さまが、目えつけた女を召し上げるのとは、わけが違う。富次郎さんがおひでさんを振り向かせることができなきゃ、富次郎さんの望む話は始まらねえ」

富次郎は不服そうに唇をすぼめたが、やがてあきらめたようにうなずいた。

「ええ……そうですね」

すずは唖然とする。

まさか、富次郎がおひでと話をしたことすらなかったなんて——。

このような手合いの客にも慣れているのか、宇之助は落ち着いた表情で口元に笑みを浮かべた。

「それじゃ、おひでさんと親しくなるにはどうしたらいいか、今日はそれを占うってことでいいかい？」

富次郎はうなずく。

宇之助は懐から小箱を取り出した。中に入っていた花札を手際よく切ると、絵柄を伏せたまま、右手でざっと川を描くように長床几の上に広げる。

富次郎は緊張の面持ちで長床几に顔を寄せ、自分の運命はどこにあるのか探すように、裏返しになっている札を眺め回した。

宇之助は富次郎に構わず、左手の人差し指をぴんと立てて額の前にかざすと、精神統一をするように瞑目した。そして目を開けると、左手で一枚を選び取る。

表に返された札が、富次郎の前に置かれた。

「桐に鳳凰――」

宇之助はじっと札の絵を見つめた。

「へえ……富次郎さんの運気は今ものすごくいいみてえだなあ」

「ほっ、本当かい」

富次郎の顔が、ぱっとほころぶ。

宇之助はうなずいた。

「これまで上手くいっていなかったことも、きっと上手く回り出すぜ」

富次郎は破顔する。

「それじゃ、おひでとも心を通い合わせることができて、おっかさんやおとっつぁんたちにも認められるんですね」

「ただし」

宇之助が念を押す。

「いい運気を活かせるかどうかは、富次郎さん次第だからな。おひでさんの話は、人伝てに聞くんじゃなくて、おひでさん自身から聞くんだ。おひでさんと話ができるよう、富次郎さんが動いて、おひでさんの心を開かなきゃ駄目だぜ」

宇之助は人差し指を札の端に置いた。

「富次郎さんの願いを叶えるため、おっかさんやおとっつぁんたちが一生懸命に動き回っている姿が札の中に見える。富次郎さんは、家族みんなに可愛がられてきたんだなあ」

富次郎は嬉しそうにうなずいた。

「わたしは兄さんとも年が離れていますしね」

「だが、今のままじゃ駄目だぜ」

富次郎は「えっ」と目を見開く。

宇之助は札を手にして、富次郎の前に掲げた。

「桐の枝に舞い降りる鳳凰と出会うためには、桐の生えている場所まで行かなきゃならねえ。これからは、おっかさんやおとっつぁんたちの負んぶや抱っこを当てにするんじゃなく、自分の足で歩かなきゃならねえぜ」

思い当たる節があったようで、富次郎は殊勝顔になって札の絵を見つめる。

「これまでは、相手にされなかったらどうしようと思うと、どうしてもおひでに話しかけられなかったんですが……せっかくいい運気の中にいるんなら、今こそ勇気を出してみます」

宇之助はうなずいて、富次郎の前に札を戻した。

「前向きに動けば、きっと上手くいくはずだぜ」

「はい」

富次郎は力強い声を発した。

「必ずや、おひでに話しかけてみせます」

きりりと顎（あご）を引き、颯爽（さっそう）とした足取りで、富次郎は帰っていった。

戸口で富次郎とすれ違うようにして、新たな客が入ってきた。

印半纏（しるしばんてん）をまとった若い男が迷いのない足取りで、まっすぐ店の奥の占い処へ向かってくる。道具箱を担いでいるので、仕事の合間だろうか。

ねじり鉢巻を取ると、男は宇之助の前に立った。

「あんたが、がらん堂さんかい。ちょいと占ってもらいてえことがあるんだけどよ」

少々気恥ずかしげな顔で告げると、男は道具箱を床几の脇に置いて宇之助の前に腰を下ろした。

「おれは神田の桶師（おけし）で、正太（しょうた）ってもんだ。占ってもらいてえってのは、その……その前に、何か一品注文するんだったな」

正太は後ろ頭をかきながら、すずに顔を向ける。

「姉さん、おかかの握り飯はあるかい」

「はい、ございます」

「そんじゃ、それをひとつと熱い茶をくんな」

「かしこまりました。少々お待ちください」

運んでいくと、正太はすぐ握り飯を頬張った。

「鰹節は、勝つ男節っつって、験担ぎになんだろ」

と言いながら、あっという間に握り飯を食べ終えて、正太は宇之助に向き直る。

「惚れた女に想いを伝えてえと思っているんだが、いつ、どこで、どんなふうに告げたらいいかと悩んでいてよ」

すずは調理場の入口付近に控えながら「おや」と思った。

先ほどの富次郎と同じく、恋占いか。そういえば、富次郎も神田から来たと言っていた。年の頃も同じだろう。

「おかやさんは、親方の二番目のお嬢さんなんだ。おれと年が近いんで、奉公に入った時からよく一緒に話をしていてさ」

正太の生家は千住の農家だという。男ばかり五人も兄弟がいるので、長男に跡を継がせ、次男を近くの農家に婿入りさせたあとは、食い扶持を減らすために子供たちを住み込みの奉公に出していた。

「おれは五番目でよ。三男、四男と同じく、十になる前に家を出されたんだ」

親元を離れ、一人で江戸へ出るのは不安もあったが、狭い家の中は両親と兄一家でぎゅうぎゅう詰めだ。まだ小さな甥や姪は可愛かったが、やはり正太には身の置き場がなかった。

「おれは葱畑（ねぎばたけ）の中で育ったから、初めて江戸へ来た時には、人の多さに面食らったなあ」

行き交う人々の身なりはみな垢抜（あかぬ）けて見え、建ち並ぶ店はすべて盛り場のように見えた。年の離れた兄弟子たちも何だか近寄りがたく、正太は毎日、身を縮めながら過ごしていたという。

「でも、親方の家には、おかやさんがいたから」

果たして自分は江戸に馴染（なじ）めるのかという懸念を抱えて悶々（もんもん）としていた正太に、ひとつ年下の可愛い女の子が話しかけてきた。

――正太は読み書きが苦手なんですってねえ。これからの職人は学がなきゃ駄目だから、あたしが教えるようにって、おとっつぁんに言われたの――。

それは正太の緊張を解くために、年の近い子供と接したほうがよかろう、という親方の配慮だった。

おかやは手習い所から帰ったあと、仕事場の片隅で正太に読み書きを教えるようになった。

――あら正太、今日は綺麗（きれい）な字が書けたわねえ。ひょっとして、一人でも練習を続けていたのかしら――。

――はい、昨夜寝る前に、おかやさんにいただいたお手本を指でなぞっていました――。

——偉いわ。それじゃ、ご褒美にあたしのおやつを分けてあげる——。

小さな手習い師匠と生徒のやり取りを微笑ましく見守っていた親方や兄弟子たちも、時折ねぎらいの言葉をかけて、おやつをくれるようになった。仕事の合間に、男文字を教えてくれる兄弟子も出てきた。

いつしか正太は親方の家でくつろげるようになり、神田の町を自分の居場所と思えるようになっていったのである。

「今はもちろん、子供の頃のように一緒にひとつの文机に並んで座ることもなくなっちまったが、おかやさんとは顔を合わせるとよくしゃべるんだ」

年頃になり、おかやの周囲では嫁入りの話も出てきた。

——うちは姉さんがまだ嫁いでないから、あたしの縁談なんてまだ先の話でしょうけど——。

いつの日か、想い想われて誰かに嫁ぐ将来を、おかやは夢見る乙女(おとめ)の表情で頬を朱に染めながら、正太に語ったという。

「おかやさんが誰かに嫁ぐってことを想像したら、おれの胸ん中が、こう、ぐるぐると重苦しくなっちまってよぉ」

言葉にしきれぬ想いを表わすように、正太は両手の拳を胸の前で回した。

「それに、おれに向かって将来の嫁入りを語るってこたあ、いつかおれと所帯を持ちたいって夢を遠回しに伝えてきてんのかなあ——なんて思っちまうじゃねえか」

正太は照れたように笑いながら、頬に手を当てた。

将来について語ったおかやの夢想は、やけに明確だったという。

——二人の気持ちが通じ合ってさえいれば、多少の苦労は厭わないわ。おとっつぁんみたいに大酒飲みじゃなくて、だけど、おとっつぁんみたいに職人気質で——。

「ってこたあ、おかやさんが選ぶ相手は職人だってことだろう」

——いつか、おとっつぁんに認められて、一本立ちしたら、小さな二階屋を借りて二人で住んだりしてね。一階は仕事場で、住むのは二階よ——。

「なんて言われりゃあ、おかやさんの意中の相手は、親方の弟子ってことじゃねえか」

弟子の中の誰よりも、おかやと親しい自負はある、と正太は胸を張った。

「おかやさんは器量よしだ。どっかの誰かに見初められねえうちに、親方にもしっかり話を通しておいたほうがいいんじゃねえかと思ったら、落ち着かなくなってよ。このままじゃ、下手したら仕事も手につかなくなる。こりゃ早くけりをつけねえと、と思ってよ」

正太は居住まいを正した。

「おかやさんとの将来を占ってくんな」

宇之助はうなずいた。花札を手際よく切ると、長床几の上に川のように広げる。左手の人差し指をぴんと立てて額の前にかざすと、精神統一をするように瞑目した。

正太は神妙な面持ちで、絵柄が伏せられたままの札と宇之助の顔を、じっと交互に見ている。

宇之助が目を開ける。左手で、札を一枚選び取った。

表に返された札が、正太の前に置かれる。

「桜に幕――」

宇之助は札を凝視して、わずかに眉根を寄せた。

「ちょいと待っててくんな」

宇之助は札を両手で握りしめ、再び瞑目した。

しばし黙り込む。

正太はまるで沙汰を待つ咎人のように身を縮め、ごくりと唾を飲んだ。

やがて宇之助は静かに目を開けると、正太に向き直った。

「残念ながら、正太さんとおかやさんが一緒になる未来が視えねえ」

正太が小さく息を呑んだ。

宇之助は悲しげに微笑む。

「いつ、どこで、どんなふうに想いを告げても、この恋は成就しねえだろうよ。おかやさんには、どうやら他に想う相手がいそうだぜ」

「そんな……」

正太は顔をゆがめた。

「子供の頃からずっと一緒で、誰よりも気を許してくれていると思ってたのに」

宇之助はうなずく。

「それは間違いねえだろう。おかやさんは、正太さんをとても大事に思っているはずだぜ」

「じゃあ、何で」

「おかやさんが正太さんを大事に思う気持ちは、家族への愛情と同じなんじゃねえのかなあ」

宇之助の言葉に、正太はひくりと身を震わせた。

「家族……?」

「つまり、男と女の情愛じゃねえってこった」

宇之助は淡々と続ける。

「おそらく、いつか想い合う誰かに嫁ぎてえなんて話をしたのも、女友達に恋話を打ち明けるような心持ちだったんだろうよ」

正太は、ぐっと唇を引き結んだ。

「おれは男として見られてねえってことかい」

宇之助は残念そうな表情で札に目を落とした。

「桜の花の前に描かれている、この花見幕は、正太さんとおかやさんの状態を表わしているんだ」

　花見の宴（うたげ）を開く時、人々は幕を張って、自分たちの居場所を囲ったりする。

「札の中で、正太さんは、おかやさんの幕の内に入ることができねえ。入れてくれとどんなに頼んでも、おかやさんは決して首を縦に振らねえ」

　正太は札に描かれた幕をじっと睨（にら）みつけた。

　宇之助は小さなため息をつく。

「入り込める隙がねえか、おれもじっくり探したんだがなあ」

　正太は長床几の上で拳を握り固めた。

「なかったのかい」

　宇之助はうなずく。

「おかやさんは芯（しん）の強え、一途（いちず）な人だ」

　宇之助は札の中の幕を指差した。

「これは結界と同じだぜ。無理に踏み入ることは、何人（なんぴと）たりとも許されねえ」

　そして、おかやの幕の中にはすでに別の男がいた、と宇之助は語った。

　想い想われる幸せを嚙みしめながら、固めの杯（さかずき）に口をつける二人を、宇之助は札の中に視ていた。

「おかやさんのことは、あきらめたほうがいい」

宇之助は札の上に手の平をかざすと、ぐるりと右に回した。

すずは瞬(まばた)きを何度かくり返して、札を凝視する。

幕の色が、わずかに変わったように見えた。桜の花の色合いも、心なしか明るく感じる。ただの気のせいだろうか……。

いや、気のせいではないはずだと思いながら、すずは目を凝らし続ける。

「正太さんには、きっと別の出会いがあるはずなんだ」

宇之助が桜の花を指差す。

「美しい花を一緒に眺め、笑い合える愛しい誰かに、正太さんは必ず巡り会える。だから今はつらくても、辛抱して、新しい恋の訪れを待っていな」

正太は長床几の上で拳を震わせる。

「新しい恋なんて、そんなもん……おれは、おかやさんがいいんだ」

正太は立ち上がると、長床几の上に代金を置いた。足元に置いてあった道具箱を担ぎ上げ、のろのろと戸口へ向かう。

丸まった正太の背中が、怒りや悲しみに押し潰されまいと懸命に耐えているように見えた。すずの胸が痛くなる。

占いで悪い結果が出ることもあるのは百も承知だが、こうして落ち込む者を目の当たりにすると、気の毒で居たたまれない。

しかし、どうにかして励ましてやりたい気持ちに駆られても、すずにできることは何もないのだ。

調理場から「あっ」と声が上がった。

「どうしたの、おっかさん」

すずが駆け込むと、流し場の前にいたきよが困り顔で洗い桶を指差した。

「箍(たが)がゆるんでるみたいなんだよ。水が漏れてる」

桶の中に浸けておいた皿を洗おうとして、張っていた水が減っていると気づいたのだという。

「その辺を箍屋が回っていないかねえ」

きよの言葉に、すずは箍屋の呼び声が聞こえないかと耳を澄ました。

壊れた桶や樽(たる)を持ち帰って直す箍屋が多いのだが、修理道具を持って町を歩き、その場で直す箍屋もいる。箍屋の来訪を知らせるため、たいていは「箍屋〜箍屋〜」と声を上げながら歩いているのだ。

だが、呼び声は聞こえない。

「あとで、あたしが箍屋さんに持っていくわ」

「おれに見せてみな」

調理場の入口で声が上がった。振り向くと、帰ったとばかり思っていた正太が立っている。

「話が聞こえたもんで、戸口から引き返してきたんだ。おれは桶師だからよ」

正太に促され、きよは洗い桶に入っていた皿を取り出し、中に残っていた水を捨てた。

正太は道具箱を下に置くと、洗い桶を両手で持ち上げて、隈なく眺め回した。

「確かに、箍がゆるんでるな。他に傷みはねえようだから、ちゃちゃっと直してやるよ」

きよが申し訳なさそうに眉尻を下げる。

「でも、お客さまにそんな……」

「いいってことよ。ちょうど道具も持っているしよ」

正太は勝手口を指差した。

「ちょいと向こうでやらせてもらうぜ」

言うや否や、正太は道具箱と桶を持って庭へ足を踏み出した。

すずは思わず、きよと顔を見合わせる。

こちらの商売の邪魔にならぬようにという気配りはありがたいが、たまやの庭は龍の餌場だ。見知らぬ者が勝手に踏み入って、龍が怒らないだろうかと心配した。

すずのまぶたの裏に、龍を祓おうとして血を流した宇之助の姿がよみがえった。

もし正太が傷つけられるような事態が起こったら――。

けれど、何事もなく時は過ぎていく。

庭は静かなままだ。箍に木片を当て、金槌(かなづち)で叩く音だけが、とんとんと軽やかに響き渡っていた。

やがて洗い桶を手にした正太が戻ってきた。流し場に置いた桶を、ぽんと軽く叩いて微笑む。

「これで大丈夫なはずだ」

「ありがとうございます」

きよが代金を払おうとしたが、正太は受け取らない。

「ちょいと箍をしめ直しただけだからよ」

「でも、ただ働きさせたんじゃ……」

言い募ろうとしたきよの前に、正太は右手をかざした。

「かえって、ありがたかったぜ。桶を直している間に、おれの頭もちょいと冷えてきたんでな」

正太は微苦笑を浮かべた。

「さっきは占いの結果に打ちのめされちまってたんだがよ。それじゃいけねえやな」

庭で手を動かしている間に、おかやの顔が頭の中にちらついた。そして、おかやの言動を振り返っているうちに、先ほどの占いの結果と結びつくような出来事に突如思い当たったのだという。

「おかやさんの意中の相手が、わかっちまったかもしれねえ」

ある兄弟子を前にした時だけ、おかやは急におとなしくなるのだった。

「その兄ぃのことを、おかやさんは苦手にしているんだとばかり思っていたんだが……」

振り返ってみると、仕事場の片隅でおかやに読み書きを教わっていた子供の頃は、おかやも兄弟子たち全員に常に同じ態度だったのだ。

それが年頃になり、気づいたら、いつの間にか一人の兄弟子とだけよそよそしくなっていた。

「よくよく考えてみたら、あれは兄ぃを男として意識し始めたからだと思う」

もし本当に苦手としているのならば、正太がその兄弟子と話しているそばにわざわざ寄ってくるはずがない。

「おれに話しかけるために近くに来てくれるんだと思っていたけど、兄ぃを一人の男として見るようになって、自分から話しかけるのが恥ずかしくなったんだろうなあ」

正太が一緒であれば、また以前のように兄弟子と話せるかもしれないと、おかやは考えたに違いない。そう思い至った正太の頭の中に、花見幕の中で嬉しそうに兄弟子と話すおかやの姿が浮かんだという。

「まいったぜ」

兄弟子は、正太の気持ちを知っている。

「もしかして、兄ぃも、おかやさんのことを憎からず思っていたりして……」

正太は大きなため息をついた。

「だとしたら、おれは邪魔者だったってことになるよな」

「邪魔者だなんて、そんな」

すずは思わず口を開いた。

「おかやさんの気持ちも、兄弟子の方の気持ちも、わからないじゃありませんか。もし万が一、正太さんのおっしゃる通り、お二人が想い合っていたとしても、正太さんのおかげで救われていたんじゃありませんか」

正太は眉根を寄せて首をかしげた。

「おれのおかげ……？」

すずはうなずく。

「二人きりじゃ上手く話せないから、正太さんを頼りにしていたのかもしれませんよ」

正太は苦笑する。

「それじゃあ、おれが馬鹿みてえじゃねえか」

「そんなこと……」

すずは口をつぐむしかなかった。

何をどう言っても、慰めにはならないのだ。これ以上下手なことを言えば、ますます正太の心を傷つけてしまうだろう。

正太は再び大きなため息をついた。

「気ぃ遣わせちまったな」

正太は道具箱を担いだ。

「まあ、占いを受けてよかったぜ。のぼせ上がった頭を冷やして、落ち着いて物事を見なきゃならねえと、よくわかったからな」

正太は右手を上げて、調理場を出ていく。

「ちょいと待ってくださいな」

きよが手早く団子を何本か竹皮に包み、正太を追いかけた。

「せめて、これを持っていっておくんなさいよ」

「いや、おれは本当に礼になんて――」

「あたしの気持ちですから」

きよは正太の胸に、ぐいと包みを押し当てた。

正太は遠慮し続けていたが、やがて笑顔になってうなずいた。

「それじゃ、ありがたく」

きよの手から団子の包みを受け取って、ぺこりと頭を下げると、正太は店を出ていった。

不意に、戸口の向こうで「わっ」と大声が上がる。

何事かと思い、通りに出てみれば、見知らぬ中年男と、五、六歳に見える男児が地面に尻餅をついていた。

正太が足元に道具箱を置き、その上に団子を置く。「大丈夫かい」と声をかけながら、二人を引き起こそうと手を伸ばした。

「ああ、痛え」

中年男が先に立ち上がり、近くに落ちていた傘を手にした。

「坊主がぶつかってきたせいで、商売道具を落としちまったぜ」

開いた傘には、いくつもの軟膏が吊り下げられている。この男、軟膏売りだ。

軟膏売りは怒りをあらわにして男児を睨みつけた。

「ご、ごめんなさい」

男児が声を震わせながら詫びる。

「早く家に帰らなきゃ、おっかさんに怒られると思って……」

ぎろりと睨みつける軟膏売りがよほど恐ろしいらしく、男児は泣きべそをかいた。

すずは思わず、男児に向かって一歩足を踏み出した。

が、正太が素早く首を横に振って止める。

すずは立ち止まった。

正太が男児をかばうように、軟膏売りの前に立った。

「大事な商売道具に傷がついちまったかい？　見たところ、大丈夫みてえだけどよ」

「お、おう――」

軟膏売りは、傘をゆっくりと回した。

「壊れちゃいねえようだ。軟膏も、全部そろってる」

「そんならよかった」

正太は男児に向き直る。

「どんなに急いでいたって、ろくに前を見ねえまま走っちゃ駄目だぜ」

男児は、しゅんとうなだれている。

「本当にごめんなさい……」

正太は男児の頭に手を置いた。

「今度から気をつけると、約束できるか」

「はい」

正太は軟膏売りに向かって、男児の頭を軽く押し下げた。

「この通りだ。許してやってくれねえか」

と言って、自分も一緒に深々と頭を下げる。

軟膏売りは面食らったように正太を見下ろした。

「おめえさんにまで頭を下げられる筋合いはねえやな」

だが、正太は身を起こさない。しばし頭を下げ続けていた。

軟膏売りが根負けしたような笑みを浮かべる。

「いいよ、わかったよ。勘弁してやらあ」

正太は頭を上げると、にっこり笑って男児の肩を叩いた。

「よかったな、坊主。気をつけて帰りな」

そっと男児の背中を押して立ち去らせると、正太は軟膏売りが手にしている傘に目を移した。

「ちょうど軟膏が欲しかったところだ。おれにひとつ売ってくんな」

正太が財布を取り出すと、軟膏売りは機嫌顔になった。

「毎度あり」

買った軟膏を懐にしまうと、正太は道具箱を担ぎ直して帰っていった。何事もなかったように、軟膏売りも立ち去る。

すずは、ほっと安堵(あんど)の息をついた。

「丸く収めちまって、たいしたもんだねえ」

戸口まで来ていたきよが声を上げた。

「万が一、おまえに八つ当たりが飛んじゃいけないと思って、あの人はおまえを近寄らせなかったんだよ」

すずはうなずく。

「本当に、いい人だったからといって何事もすべて上手くいくとは限らないのが世の中の常なのだ。すべて思い通りに動かすことなど、将軍さまでもできやしない。

「正太さんにも、幸せな恋が早く訪れるといいのに」

「新しい出会いは、そう遠くない未来に訪れるはずだ」

きよの近くに立っていた宇之助が断言した。

「あの男は、所帯を持てば、必ずいい亭主になる」

占いで悪い結果が出た直後は、誰だって、大なり小なり気持ちが沈む。自分が気落ちしている時に、他人を気遣い、他人のために動くことができる者はそう多くないのだ、と宇之助は続けた。

「余裕がない時ほど、人の本性は出やすい」

ひとつ屋根の下に夫婦として暮らせば、楽しい時だけでなく、苦しい時も絶対に出てくる。金の工面や子育て、年老いた親の面倒——これまで見てきた相手の優しい面だけでなく、悪鬼のような一面を知る場面だってあるかもしれない。

だが、正太ならば、きっと心に悪鬼を棲まわせることはないだろう。

「桶の不具合を聞きつけてわざわざ引き返し、出くわした子供をかばい、軟膏売りへも気遣いをする。短い間にこれだけの善行を積む男なのだから、あの男の妻となる女は、長い年月の中で数多くの正太の真心に触れることだろう」

宇之助の話に、すずは同意した。

最福神社の方角を向き、正太の幸せを胸の内で祈る。

あっという間に師走（旧暦の十二月）となった。いよいよ今年も終わりという感が強く込み上げてくる。

朝の通りを掃き清めながら、すずは波打つように広がる雲を見上げた。どことなく重苦しい色だ。このまま雲が増えて雨になるのか、雲が流れて晴れになるのか、よくわからない空模様である。

桶師の正太を思い出した。

人の心はよく空模様にたとえられるが、占いで悪い結果が出た正太の気持ちは、あれからどうなったのだろう。きよが持たせた団子を食べて、元気を出してくれただろうか。

吹く風の冷たさに首をすくめながら、すずはしばし頭上の雲を見上げていた。

納豆売りがせかせかと、すずの前を通り過ぎていく。最福神社のほうからやってきた薪売りを見て、ひょいと右手を上げた。

「おお、早えな」

薪売りも、手を上げて応じる。

「おう。早く納豆を売り切って、昼までひと休みしてえよ」

「お得意さんに、今日は早く来てくれって頼まれててな。そっちは昼から炭団かい」

早朝に納豆を売り終えた者が、昼から炭団売りとして行商に出ることも多かった。

「あともうひと息だ」

「頑張るべ」

納豆売りと薪売りは互いに励まし合いながらすれ違い、別れていく。

すずは再び通りに目を落とし、てきぱきと箒を動かした。いつまでもぼんやりしてはいられない。すずも仕事をしなければ。

掃き集めた塵を片づけ、店開けの支度を終えると、宇之助がやってきた。

何だか顔色が悪い。がらん堂の衣装も、やけによれて見える。

「大丈夫ですか。具合でも悪いんですか?」

宇之助の顔を覗き込んで、すずは息を呑んだ。猫に引っかかれたような細長い傷が、うっすらと宇之助の頬に走っている。それを隠すように頬に当てた手の甲には、もっと数多くの傷跡があった。

「ひょっとして昨夜、退魔の仕事をしたんですか」

「いや……ああ……」

すずがじっと見つめると、宇之助は嘘をついても無駄だと観念したように力なくうなずいた。

「実は、このところ退魔の依頼が多くてな。昨夜は、野狐の群れを消滅させた」

宇之助の言う「野狐」とは、動物の狐ではなく、狐霊のことである。神に仕える使役としての狐霊ではなく、人に悪さをする物の怪だ。

昼間はたまやで占いをしているので、宇之助が退魔の仕事を行うのは、おのずと夜になる。

「夜は、物の怪たちの動きが激しくなるんだ」

それが闇に生きる物たちの習性だという。

「おれに消されまいと、みな、あらゆる力をもってして向かってくる。昨夜の群れは、とにかく数が多かったので、ひどく疲れてしまった」

野狐たちに取り憑かれた者を守りながら退治せねばならなかったため、ひどく骨が折れたという。激しい戦いは空が白んでくるまで続き、宇之助が自宅で倒れるように眠り込んだのは、朝日が昇ってからだった。

「それじゃ、ほとんど寝ていないんじゃありませんか」

宇之助は店の奥の占い処へ向かうと、自分の席に座った。

「まずは甘酒を二杯くれ。それと、餡（あん）の団子も五、六本持ってきて欲しい」

「はい」

すずは急いで甘酒を汲（く）んで、宇之助のもとへ運んだ。団子は、きよが用意する。

「宇之助さん、腹が減っているなら、握り飯のほうがいいんじゃないのかい。温かい蕎麦も、すぐに作れるよ」

きよは団子の皿を長床几の上に置きながら、宇之助の顔を覗き込んだ。

宇之助は首を横に振って、甘酒の茶碗を手にする。

「甘酒や餡子のほうが、滋養が脳（なずき）に染みやすい」

茶碗に口をつけると、宇之助はごくごくと甘酒を飲んだ。続けて、二杯目に口をつける。

ふうっと息をついて茶碗を長床几に置くと、宇之助は団子をかじった。

次々に食べ進める宇之助を見て、きよが眉根を寄せる。

「脳が空くとは聞いたけど、まるで頭の中にいる何かに餌をやっているみたいだねえ」

「かもしれんな。きよさんは上手いことを言う」

宇之助は苦笑しながら団子をすべて食べ終えると、二杯目の甘酒を飲み干した。

すずは空になった皿と茶碗を下げる。

「もっと甘酒を召し上がりますか?」

すずの問いに、宇之助は首を横に振った。

「もういい。茶を淹れてくれるか」

「はい、少しお待ちくださいね」

すずが茶を運んでいくと、きよが宇之助の向かいに腰を下ろしていた。

「今日は占い処を休みにして、家で寝ていたらどうだろう」

きよは心配そうな顔で宇之助を見つめる。

「昼も夜も働いていちゃ、心身を休める暇がないじゃないか。無理をしちゃいけないよ」

すずの胸に、つきりと痛みが走った。

宇之助の仕事が増えたのは、たまやで占い処を始めたからだ。宇之助が無理をしているのは、自分たちのせいではないかという思いが込み上げてきた。

自分の家でだけ客を取っていれば、昼間に仕事が入らない時は、ごろりと寝転んで心身を休めることができていたのではないだろうか――。

「退魔が多い時は、仕方ないんだ」

すずの自責を打ち消すように、宇之助が続ける。

「むろん、心身は整えておかねばならない。万全でなければ、魔物たちにやられてしまうからな。だから昔から鍛えているし、必要に応じて湯治などもする」

宇之助はきよに向かって微笑んだ。

「今日は占い処を早く閉めて、しっかり休むさ。日が暮れる前には家に帰って、ちゃんと飯を食って眠る」

「本当だね？」

「ああ、約束する」

きよはやっと納得顔になって、立ち上がった。

「さあ、それじゃ店を開けようかね」

すずは暖簾（のれん）を表に出した。

先ほどより空が明るくなって、通りに柔らかな日差しが落ちている。

宇之助は誰かを待っているような表情で、店の奥の占い処から戸口のほうを眺めていた。

昼過ぎになってから、ひょっこり正太が現われた。宇之助は笑いながら手を上げて「よう」と声をかける。

再び正太が訪れることを、宇之助は見越していたのだろうか。今日辺りやってくるという確信があったから、寝不足でも無理をして、たまやへ来たのか。

正太が宇之助の前に立つ。

「今日は占いじゃねえんだ」

わかっているという顔で、宇之助はうなずいた。

「まあ、座りな。ちょうど今は客もいねえしよ」

促されるまま宇之助の前に腰を下ろすと、正太は茶を注文した。

「実は、おかやさんにおれの気持ちを伝えたんだ」

宇之助は驚いた様子もなく「うん」と相槌を打った。

「といっても、『実は惚れていました』なんて、まるで昔のことみてえな言い方をして、恰好つけちまったんだがよ」

正太は照れくさそうに後ろ頭をかいて、すずが運んでいった茶をひと口飲んだ。

すずは調理場の入口付近に控えて、さりげなく正太の話に耳を傾ける。

先日の占いのあと、親方の家に戻った正太は、おかやと兄弟子の様子をじっと観察したという。二人の視線の先に何があるのか、声や言葉の端々から読み取れるものは何なのか、じっくり見定めたのだ。

「やっぱり二人は想い合っているんだなあと、はっきりわかっちまったぜ」

おかやはいつも、ある一人の兄弟子を目で追っていた。他の者たちに悟られぬよう、できるだけさりげないふうを装っているのだが、その目には、なぜ今まで気づかなかったのかと思うほどの熱がこもっている。素直に話しかけられず、ただひっそりと見つめている健気さは、正太がもどかしさを感じてしまうほどだったという。

一方の兄弟子も、よくよく気をつけて見ていれば、やはり、おかやを目で追っていた。

おかや以上にひっそりと、その気配を感じられる場所にいられれば至福だというような顔をして。

「兄ぃは、おれのことをものすごく気にしていたみたいだ」

正太が近くにいる時は、絶対におかやのほうを見ない。正太を間に挟まなければ、おかやに話しかけることもしない。

「おれの気持ちを聞かせちまってたからなあ。だから兄ぃは、おれに気ぃ遣ってたんだ」

正太以上に、おかやと親しくなってはいけない――振り返ってみれば、兄弟子は固く自分に言い聞かせているようだったという。

「いつまでも馬鹿らしい真似を続けてちゃ、みんな幸せにはなれねえ。占いで、あきらめたほうがいいと言われたしよ」

世の中の大半は、想いを告げぬままあきらめるかもしれないが、正太は違った。おかやに告白して、見込みがないと思い知る道を選んだのだ。

「おれの気持ちを兄ぃが知ってるんなら、そうしなきゃいけねえと思ってな」

占いから三日後、正太が庭の落ち葉を掃き集めている時に、おかやが縁側へ出てきた。

――お茶を淹れてきたから、ひと休みしてちょうだい。あんたの好きな、かりんとうも持ってきたわよ――。

二人並んで縁側に座りながら、正太は言ったのだという。

――おかやさん、兄ぃに想いを伝えねえのかい――。

出し抜けな言葉に、おかやは目を丸くした。

──何言ってんのよ、突然。わけのわからないこと言って、びっくりさせないでちょうだい──。

動揺するおかやに、正太は笑った。

──おれ、知ってるんだぜ。がきの頃から、誰よりもおかやさんのことを見てきたからよ。おかやさんの心の中に誰がいるのか、ちゃんとわかってるんだ──。

実は惚れていました、と正太は打ち明けた。そして、おかやが困り顔になる前に、素早く続けたのだ。

──まあ、今は他にもっと大事な女ができたから、こうして笑って言えるんだけどよ。好きな相手には、悔いのないように気持ちを伝えたほうがいいぜ。親方も、兄ぃなら文句ねえだろう──。

熱い茶を一気にあおって、涙声になるのをごまかしたという。

その時の茶の熱さを思い出したように、正太は喉元に手を当てた。

「さっきも言ったけどよ、おかやさんを想っていたのは昔のことだって顔して恰好つけなきゃ、兄ぃに気持ちを伝えろだなんて言えなかったぜ」

宇之助は目を細めた。

「正太さん、男気を見せたなあ」

「だってよぉ」と、正太はすねたように唇を尖らせる。

「みんな同じ屋根の下に住んでいるんだぜ。その中でこんがらがってちゃ、居心地が悪くていけねえや」

正太が背中を押したその日のうちに、おかやは兄弟子に想いを伝えたという。

「惚れた女に面と向かって好きだと言われりゃ、兄ぃだって拒むはずがねえ。まして、今のおれには他に想い人がいるなんて聞かされちゃあなあ」

正太と話した内容も、おかやは兄弟子に告げたのだ。正太があと押ししてくれたおかげで、自分はこうして告白することができたのだ、と。

兄弟子は安堵して、おかやの想いを受け入れた。

「長年の我慢が霧散したんだろうなあ」

翌日さっそく兄弟子が「お嬢さんと一緒にさせてください」と親方に頭を下げたと聞いた時には、正太も面食らった。

「こうと決めたら、やることが早えんだ」

おかやと兄弟子の気持ちを知った親方は快諾し、おかやの姉の縁談が調ったあと、二人に所帯を持たせると約束した。

ちょうど、おかやの姉に別の店の桶師との縁談がきていたのだが、先方が「嫁に欲しい」と言ってきたことで、親方は迷っていたのだ。

順番からいって、跡取り娘には長女を考えていた。けれど嫁に出してしまっては、長女に婿（むこ）を取らせて自分の跡を継がせるという腹積もりが崩れてしまう。

しかし次女が自分の弟子と一緒になりたいというのであれば話は別だ。そいつの実家には跡継ぎがいるので、婿に欲しいと言っても差し支えない。

「誰に無理強いすることもなく、万事丸く収まるってんで、親方は大喜びだ。もともと、兄ぃみてえな男に跡を任せたいと思っていたらしいしよ」

おかやの姉に、その兄弟子を薦めてみたこともあったのだが、好みではないと突っぱねられたそうだ。

「今となっちゃ、姉妹の好みが違っていてよかったと、親方は笑ってた」

穏やかな表情で語る正太の姿に、すずは切なくなった。

みなが万事丸く収まったと喜び合っている中で、正太だけが胸の痛みを抱えているのだろうに……。

「おれのほうも、何だかさっぱりした心地になってよぉ」

それは強がりではないかと、すずは正太の心中をおもんぱかった。

宇之助が正太に向かって身を乗り出す。

「大丈夫。次の恋はきっと上手くいくぜ」

正太の頰が、わずかに赤くなった。

宇之助は目を細める。

「ひょっとして、早くも運命の出会いが訪れたのかい」

「ばっ、馬鹿な。そんなんじゃねえよ」

だが、正太の頬はさらに赤く染まっている。

宇之助はにっこり笑った。

「思い当たる縁があったんだな？　好いた女のことを思い浮かべたような顔をしているぜ」

正太は後ろ頭をかく。

「思い浮かんだ顔は確かにあったが、運命の出会いだなんて、そんな……」

宇之助にじっと見つめられ、正太は小首をかしげた。戸惑っているような、どこか照れくさそうな、複雑な表情である。

茶碗に残っていた茶をあおると、正太は意を決したように口を開いた。

「実は昨日、味噌屋（みそや）の女中がうちへ来たんだ」

味噌樽を納めている得意先で、店主は親方と時折酒を酌（く）み交わす仲なのだという。

「一昨日（おととい）、酔った旦那さんを親方が送っていった礼だってことで、ご新造（しんぞう）さんの言いつけで菓子折を届けにきたらしいんだがよ」

女中の帰り際、勝手口の近くで行き会った正太は声をかけられたという。

――あの、以前お守りを探してくださったことを覚えていらっしゃいますか――。

身に覚えのなかった正太は首をかしげた。すると女中は、一年前の夏の出来事を語り始めた。

――正太さんが親方と一緒に味噌樽の様子を確かめにいらした時、あたしは庭で落としたお守りを探していたんです――。

故郷の母が持たせてくれた厄よけのお守りで、一人で庭掃除をする時などに時折懐から取り出して眺めていたのだが、いつの間にか落としてしまったのだった。

味噌蔵から出てきた正太が女中の様子に気づき、どうしたのかと声をかけた。

お守りをなくしてしまったと女中が告げると、正太が親方に断りを入れて、一緒に探してくれたのだという女中の話で、正太は思い出した。

――躑躅（つつじ）の植え込みの根本に落ちていたんだよなあ――。

正太の言葉に、女中は大きくうなずいた。

――躑躅の花の色と、お守り袋の色がよく似ていたので、すぐに気づけなかったんです――。

確かにそうだった、と正太もうなずいた。

――あんた、おはるさんって名前だったよな。確か、砂村（すなむら）の農家の出だって――。

お守りを探しながら、ほんの少しだけ身の上話をしたのだ。

お互い生家が農家で、長男が跡を継ぎ、次男が近所に婿入りをした。あとの兄弟たちは、みな食い扶持を減らすため、十になる前に奉公へ出されている。

——同じような境遇だ、お互い頑張ろう、って正太さんが言ってくれたんです——。

だから頑張ってこられましたと言わんばかりのまぶしい笑みで、おはるは正太を見つめた。

顔の火照り（ほて）を押さえるように、正太は頰に右手を当てた。

「その時、何だか、こう、胸がきゅーっとしめつけられるような感じがしてよ」

と言いながら、正太は左手で胸元をつかむ。

「あ、いや、だからといって、これが新しい恋だなんて言うつもりはねえんだ。だって、昨日、一年ぶりに話しかけられるまで、おはるさんのことなんてすっかり忘れていたんだぜ」

宇之助はうなずく。

「意味づけなんて、無理やりしなくてもいいのさ。正太さんがおはるさんと話していて楽しいと思ったなら、また会えばいいんだ。縁があれば、次の機会も必ず訪れるはずだぜ」

正太は胸の前でもぞもぞと両手を動かす。

「うん、それが、年が明けたら一緒に恵方詣（えほうもうで）へ行こうって話になってよ」

「へえ」

にんまり笑う宇之助に向かって、正太は慌てたように手を横に振った。

「お互い、来年の正月はどう過ごそうかと思いあぐねていたんだ」

例年であれば、正太は兄弟子たちと一緒に初日の出を拝みにいっていた。だが所帯を持つ者も増えて、ここ数年は人数がとんと減っている。

「兄ぃも、おかやさんと恵方詣に行きてえだろうしよぉ」

他に意中の相手がいると言ってしまった手前、親方の家でごろごろと寝正月を過ごして、嘘がばれるような真似もしたくない正太は、一人でどこかへ出かけようかと思っていた。

「おはるさんのほうも、今いる女中仲間はみんな通いの所帯持ちになっちまったっていうからよぉ。それじゃ一緒に恵方詣にでも行きましょうかって話になったんだ」

まだ藪入り（やぶいり）でもねえから実家には帰らねえしよ、と正太は言い訳のようにつけ加えた。

明らかに、照れている顔だ。

すずは心から嬉しく思った。

「まあ、よかったじゃねえか。おはるさんと再会できてよぉ」

宇之助は真面目（まじめ）な表情で正太を見つめた。

「正太さんは、占いの結果が悪くても、決して腐らなかった。おかやさんや兄弟子のためを思い、前向きに動いたから、おはるさんと恵方詣へ行く流れになったんだぜ」

正太は自信なげに首をかしげる。

「おかやさんへの想いを完全に断ち切ったと言えば嘘になるだろうし、おはるさんとの仲がどこまで深まるのかはわからねえ」

「それでいいじゃねえか」

宇之助は目を細めた。

「大事なのは、どんな心持ちでいられるかってことだ。過去に縛られず、未来を恐れることなく、今を大事に生きられるかどうかなんじゃねえのかい」

「すぐそこにいる、今生明神もそう言ってるぜ」

宇之助は最福神社の方角へ顔を向けた。

正太は座ったまま身をよじり、最福神社のほうを見つめる。

「明神さんは、おれのことを軽薄な男だと思っちゃいねえだろうか」

宇之助に向き直ると、正太は後ろめたいことを告白するように目を伏せる。

「想いが叶わねえとわかったとたん、他の女が気になってくるだなんてよ」

唇を引き結んだ正太に、宇之助は笑いかけた。

「んなこたあねえよ。おかやさんに執着し続けるよりは断然いいと思ってるに決まってるじゃねえか」

宇之助は正太の目をじっと見つめた。

「正太さんは、想い人と恋敵の幸せを願える人だ。もっと自信を持ちな。自分の心の流れを止める必要はねえんだぜ」

正太は安心したように微笑んだ。

「それじゃ帰る前に、明神さんを拝んでいくとするかな」

宇之助はうなずく。

「まっとうに生きている者には、きっと加護をくれるぜ」

茶代を払うと、正太は颯爽とした足取りで店を出ていった。

すずは戸口に出て見送る。

正太は最福神社の鳥居の前で丁寧に一礼すると、軽やかに石段を上っていった。

「宇之助さんが今日、無理をしてこっちの占い処へ来たのは、ひょっとして正太さんがいらっしゃると思ったからですか?」

振り向くと、宇之助は険しい表情で首を横に振った。

「そのうち正太さんもまた現われるかもしれないと思っていたが、おれが気にしていたのは別の男だ」

すずは首をかしげながら店の奥へ戻る。

「別の男……?」

占いで悪い結果が出たお客が、正太の他にいただろうか。

宇之助が鋭い眼差しを戸口に向けた。

すずの背筋がぞくりと粟立つ。

「いいことなんて、何も起こらなかったぞ」

呪いの言葉を吐くような低い声を上げたのは、先日の占いで、今ものすごくいい運気の中にいると言われた富次郎であった。

富次郎は土間に踏み入ると、店の奥の占い処へまっすぐに進んできた。一人がけの床几を足で乱暴に引いて、どすんと腰を下ろす。

「この、いかさま師め！」

富次郎が叫んだ。

「おひでに会いにいったって、ちっとも親しくなれなかったじゃないか。それどころか、蔑ろにされたんだぞ！」

すずは調理場の入口付近――いつもより占い処から少し離れた場所に立って、殺気立っている富次郎の様子を窺った。

富次郎はどんより濁った目で宇之助を睨んでいる。

「おひでとの仲が進まないから、わたしは家族に何も言えず、おっかさんは相変わらず、わたしの見合いの相手を探している。いったい、どうしてくれるんだ、え⁉　占い代を返してもらいたいくらいだよっ」

富次郎は文机代わりにしている長床几を、ばんっと拳で強く叩いた。

すずは眉間にしわが寄りそうになるのを懸命にこらえる。

先日よりも、ずいぶんと横柄な態度だ。これが富次郎の本性だったのか。

宇之助はまったく意に介していない様子で、じっと富次郎を見つめる。

「蔑ろにされたってえのは、どういうことだい。まず最初に、何て話しかけたんだ？」

富次郎はふてくされたように唇を尖らせる。

宇之助は富次郎の目を見ながら、ぐっと身を乗り出した。

「まさか、会いにいったってえのは、遠目に見ただけのことを言っているわけじゃねえよなあ？」

「そんなわけないさ」

富次郎は憤然とした面持ちで頰を膨らませた。

「ちゃんと、おひでの長屋の前まで行ったんだ」

「へえ、それで？」

富次郎は肩をすぼめた。

「それで、って……おひでが仕事へ行く途中、ばったり会うように仕向けたのさ」

宇之助がうなずく。

「富次郎さんは何て話しかけて、おひでさんはどう答えたんだい」

「それは……」

富次郎が口ごもった。宇之助の視線から逃げるように目を伏せる。

宇之助はなおも富次郎の顔を覗き込んだ。

「富次郎さん、あんた本当に、おひでさんに話しかけたのかい？」

富次郎は、ぷいっとそっぽを向いた。

「今のわたしは、何をやってもいい運気の中にいるんだろう？　これまで上手くいっていなかったことも上手く回り出すって、そう言ってたじゃないか！」

宇之助は床几に深く座り直した。

「運気を活かせるかどうかは、富次郎さん次第だとも言ったぜ。動かなきゃ駄目だってな」

「だから動いたじゃないか」

富次郎は駄々っ子のように身をよじる。

「おひでの長屋の前まで行っただろう」

「おれは、話をしろと言ったよな。富次郎さんも『必ずや、おひでに話しかけてみせます』と言い切ったはずだぜ」

宇之助の言葉に、富次郎は顔をしかめた。

「少しでも、動けばいいじゃないか。いい運気の時っていうのは、いつもと同じ事をしても、いつもより努力が実りやすいものなんだろう？」

宇之助は目をすがめた。

「富次郎さん、都合のいいことを言っちゃいけねえぜ。おひでさんと話して初めて、富次郎さんは、鳳凰が舞い降りる桐の木を目指す道に立つことができたはずなんだ。話しかけもしねえで蔑ろにされたって言い分は、筋が通らねえ」

富次郎は、ふんと鼻を鳴らした。

「だって目が合ったんだよ」

富次郎はふんぞり返って、どうだと言わんばかりの表情で宇之助を見やる。

「間違いなく、おひでと目が合ったんだ。わたしがいい運気の中にいるなら、おひでのほうから話しかけてきたっていいじゃないか」

宇之助は小さなため息をつく。

「おひでさんに話しかけてもらえなかったから、蔑ろにされたって言うのかい」

「ああ、そうさ」

富次郎は挑むような眼差しで、ぐっと眉を吊り上げる、

「あの日から、わたしはずっと待ってたんだ。おひでが勇気を出して、うちに来て、わたしに想いを告げてくれるのをね。それなのに、おひでは一向に現われない」

「ちょいと待ちな、富次郎さんよ」

宇之助はこめかみをかいた。

「おひでさんがやってくるのを家でじっと待っていたって、叶うはずがねえだろう。長屋の前でたまたま目が合ったたって、おひでさんにしてみれば、富次郎さんは見ず知らずの通りがかりの男に過ぎねえんじゃねえのかい」

富次郎は眉根を寄せる。

「だって、いい運気なんだろう」

「富次郎さんは、活かす努力をしていねえよなあ」

宇之助は「ああ」と嘆き声を上げてみせる。

「何の努力もしねえことの言い訳に、占いを都合よく使われちゃ困るぜ」

「ふざけるな！」

富次郎が怒声を発した。

「わたしが何の努力もしていないって⁉　何も知らないくせに、よくもそんな」

「富次郎さん、いいかい」

宇之助の静かな声が、富次郎をさえぎった。

「せっかく今、いい運気の中にいるんだから、もっとどんどん動かなきゃ駄目だ。ぐずぐずしているうちに、いい運気が逃げちまうぜ」

富次郎は拳を振り上げながら立ち上がった。

「運気が逃げるって、何だよ！　ちょっとやそっとで簡単になくなってしまう運気なんか、本物じゃないだろう！」

富次郎は歯をむき出して、宇之助を見下ろした。

「がらん堂の占いは偽物だって、世間に言い広めてやる」

宇之助は動じることなく、富次郎を見つめ返した。

「いい運気が続いているうちに、とにかく動くんだ。おひでさんと話す機会は、必ずまた訪れる。だから、それまでに、しっかり備えておきな。話しかけることさえできれば、上手くいくはずなんだ」

富次郎は歯を嚙みしめた。

「黙れ！　偉そうに言うな！」

座っていた床几を蹴飛ばすと、富次郎は肩を怒らせて足早に出ていった。

その姿が見えなくなって、すずはほっと息をつく。

倒された床几をもとに戻していると、きよが調理場から出てきた。

「何だい、あの人。宇之助さんがいるから大丈夫だと思って、奥で様子を見ていたんだけど……」

もし富次郎が暴れたら、勝手口から外に出て助けを呼ぼうと、きよは身構えていたらしい。

ているはずなのだ。

「大丈夫よ、おっかさん」

すずが笑ってみせると、きよも表情をゆるめた。

「まあ、おまえには、強い用心棒がついているはずだからねえ」

と言いながら、すずの頭上に視線を向ける。

すずたちの目には見えないが、宇之助が契約を結んだ龍が常にそばにいて、守ってくれているはずなのだ。

きよは宇之助に向き直った。

「さっきだって、龍がしっかり、すずを守ってくれていたんだろう?」

宇之助は首を横に振る。

「いや、龍は何もしていなかった」

「何だって?」

きよが目を見開く。

「それじゃ、龍は約束を破ったのかい」

宇之助は苦笑した。

「そういうわけじゃない。龍にとって、あの男は弱過ぎて、警戒する気も起こらなかったんだろう」

きよは感心したように「へえ」と声を上げて、再び、すずの頭上を眺めた。

宇之助はじっと戸口を見つめる。

「このところ、物の怪に取り憑かれて、別人のようになってしまう者が多いんだ。やけに怒りっぽくなったり、鬱々（うつうつ）として閉じこもったり」

そういえば、退魔の依頼が多くなっていると宇之助は言っていた。

「先ほどの富次郎さんも、前にいらした時より、ひどく短気なご様子でしたけど……」

「あれは、おれに図星を指されて怒っただけだろう」

初対面の相手には穏やかに接するが、いら立つと、すぐに馬脚をあらわすのではないかと宇之助は見ていた。

「例えば、狐霊が憑いていれば、もっと目が吊り上がってくるし、賭（か）け事（ごと）に走ったりもする」

危険な霊が近づけば、龍だって、もう少しは警戒心を持つはずだという。

たまやに近づいたことを察知した時点で、龍は富次郎の動きを妨げただろうと、宇之助は語った。

道を間違えさせたり、曲がり角で荷車にぶつけて怪我をさせたり——。

すずは思わず、龍が乗っているかもしれない自分の両肩に両手を置いた。

「そんなことができるんですか？」

宇之助はうなずく。

「世の中の出来事が、霊のたぐいによって操られていることもある」

すずは小さく身震いをした。

目に見えないものたちが、人々の気づかぬあちこちに潜り込んでいて、じっとこの世を観察している気がした。

「何にせよ、今、あの男は霊に取り憑かれているわけではない」

宇之助は床几に座ったまま、大きく伸びをした。

「これで安心して休める。明日は、ここへは来ずに、家でゆっくり寝ていようと思う」

きよがうなずいた。

「ご飯はちゃんと食べるんだよ？　たくさん寝てもいいけど、起きる時には起きて、朝日を浴びないとね」

幼子に言い聞かせるようなきよの口調に、宇之助は目を細めた。

❀

たまやを出た富次郎は、怒りに身を任せて歩いた。地面に小石が落ちていれば、思いっきり蹴り飛ばしてやりたい。

占い師の説教めいた言い草が、とにかく癪に障った。

何が「もっとどんどん動かなきゃ駄目」だ。わたしに向かって「駄目」なんていう言葉を使うな、という気持ちが全身を駆け巡っている。

最初に占い処へ行った時も、あの男はわたしに「駄目」と言った。

——富次郎さんが動いて、おひでさんの心を開かなきゃ駄目だぜ——。

——今のままじゃ駄目だぜ——。

たかが占い師のくせに、生意気な。

がらん堂の占いで状況がよくなったという話を聞いたから、行ってみたのに。客の心をへし折るような物言いをする占い師じゃ、どうしようもない。

がらん堂は、へぼだ。

噂で聞いた通りの凄腕であれば、もっと富次郎に優しい言葉をかけて励まし、富次郎のやる気を引き出して、おひでとの仲が完全に上手くいくよう、しっかり導けるはずではないか。

今思うと「いい運気を活かせるかどうかは、富次郎さん次第」というのも怪しい。あれは、おひでとの仲が上手くいかなかった時に、占いのせいにされないための、前もっての言い訳ではなかっただろうか。

どんどん動け、と言うわりに、どんなふうに動いたらいいかという話はなかった。

おひでの前に立った時の第一声はこうで、続いてかける言葉はああで——何でもよく当てるという評判が本当ならば、がらん堂はそこまで細かく富次郎に教えるべきだったのだ。

なまけて、いい加減な仕事をしやがって。

富次郎は何の努力もしていないと断じたくせに、自分こそ、客のために言葉を尽くす努力をしていないじゃないか。

——これまで上手くいっていなかったことも、きっと上手く回り出すぜ——。

がらん堂がそう言った時、富次郎は明るい日差しに包まれたような心地になったのだ。

それなのに。

「嘘つきめ」

勢いよく歩きながら、富次郎は吐き捨てた。

——これからは、おっかさんやおとっつぁんたちの負んぶや抱っこを当てにするんじゃなく、自分の足で歩かなきゃならねえぜ——。

「こうやって、ちゃんと自分の足で歩いているじゃないか」

地面を踏みしめる足に、富次郎は力を込めた。

——富次郎さんは、家族みんなに可愛がられてきたんだなあ——。

確かに、がらん堂の言葉には当たっていることもある。

わりと大きな酒屋の次男として生まれた富次郎は、甘やかされて育った自覚がある。

だが、それが何でもかんでも悪いことのように言われるのは我慢ならない。

つい先日、ばったり行き会った幼馴染みと久しぶりに一杯飲んだ時にも言われたのだ。

——富次郎は甘ったれだからなあ。いい加減、大人にならないと、駄目になるぜ——。

いったい何を言われているのか、富次郎にはわからなかった。どうしてそんなことを言われる羽目になったのかも、よくわからない。

互いの近況を語り合っているうちに、いずれ嫁取りもしなきゃならないな、なんて話になったのは覚えている。好いた女はいるのかと聞かれ、おひでと所帯を持ちたいという話をしたのだ。おひでが女髪結いだから、おっかさんがいい顔をしないと愚痴をこぼしているうちに、確か、幼馴染みの色街通いに話が飛んだ。

そいつは呉服屋の跡継ぎだから、色街の女たちに新しい着物を贈る金持ちとも、つき合いがあるのだという。金持ちに連れられて高級料亭へ行き、美味い料理をご馳走になったあと、色街で女と朝まで共寝——などという自慢話を聞かされて、閉口した。

つまらない話だと思った気持ちがそのまま顔に出たのか、幼馴染みは呆れたように言ったのだ。

——富次郎はまだまだ子供だねえ。そんなんじゃ、得意先の話し相手なんかできやしないよ。甘やかされて育った気楽な次男坊だから、相手を気遣って話を合わせたり、相手を立てたりすることができないんじゃないか——。

いかにも嘲ったような目で見られ、富次郎は憤った。

次男で悪いか、跡継ぎがそんなに偉いか、と怒鳴った富次郎を、幼馴染みは鼻で笑った。

――よくできた兄さんの下で、わがまま放題に過ごしているんだから、悪いだろう。跡継ぎは、家のことを第一に考えて生きなきゃならないんだから、やっぱり大変さ。富次郎はもう少し、上の者を敬う気持ちを持つべきだねえ――。

あっさり言い返されて、富次郎はますます激高した。

――わたしは好き好んで次男に生まれたわけじゃないよ。もし、わたしが長男なら、立派な跡継ぎになったはずさ。跡継ぎとして、ちゃんと仕込まれていればね――。

富次郎の反論に、幼馴染みはゆるりと頭を振って断言した。

――おまえには無理だよ――。

ここで言い負けてなるものかと、富次郎は食い下がった。

――わたしだって、いずれ暖簾分けをしてもらったら、店の主だ。おまえや兄さんと同じだよ。次男だからといって、侮られちゃたまらない――。

幼馴染みは哀れむような眼差しを富次郎に向けて、大げさなため息をついた。

――次男だからというだけで、おまえが駄目だと言っているわけじゃないんだけど、やっぱりわからないんだねえ。いずれ暖簾分けをしてもらったとしても、どうせ、おじさんやおばさんが手取り足取り面倒を見るんだろう――。

そんなことはない、自分の力でやってみせる、という富次郎の宣言も即座に一蹴されてしまった。

——おまえは商売を甘く見過ぎている。それに、本家の跡取りと分家の気楽さは、全然違うものさ——。

かっとなった富次郎は、つい、手元にあった杯を投げつけてしまった。

おまえこそ、相手の気持ちを汲(く)んで話をすることができていないじゃないか。そんなんで、得意先の話し相手が本当に務まっているのか。

そう言ってやろうとした時、幼馴染みが酒のかかった袖(そで)を拭きながら先に口を開いた。

——昔っから、おまえはそうだね。気に入らないことがあると、すぐに癇癪(かんしゃく)を起こす。だから友達ができなかったんだよ——。

久しぶりに飲まないか、と自分から誘ったくせに、興醒(きょうざ)めだと言い放って、幼馴染みは席を立った。幼馴染みが富次郎の分まで酒代を払って帰っていったことにも、ひどく惨めな気分にさせられた。

わなわなと震えるほどの屈辱が、富次郎の胸によみがえってくる。

「くそっ」

ぎりりと歯を食い縛り、ふーっ、ふーっと荒い息を吐きながら、富次郎は闇雲に歩き続けた。

富次郎には友達ができなかった、と幼馴染みは言い切った。

では、おまえは何なんだ。わたしの友達じゃなかったのか。幼い頃からの、ただの顔見知りか？

だが、何年もの間まともに話をしていなかったことを思い返すと、確かに、友達とは呼べない気がした。

幼い頃の記憶を辿ると、一緒に遊んでいたのは、たいていが母親か奉公人だった。

——富次郎に意地悪をするような子たちと、無理に遊ぶ必要はありません——。

近所の子供たちに仲間はずれにされると、母親はいつも優しく慰めてくれた。美味しい菓子を富次郎に食べさせ、すごろくなどで一緒に遊んでくれた。独楽や凧揚げなど、外で遊びたがった時には、若い奉公人を遊び相手につけてくれた。

ふと、がらん堂の声が頭の中によみがえる。

——富次郎さんの願いを叶えるため、おっかさんやおとっつぁんたちが一生懸命に動き回っている姿が札の中に見える——。

がらん堂の声を振り払うように、富次郎は歩きながら両手の拳を大きく振った。

富次郎に笑いかける母親の顔がまぶたの裏に浮かんでくる。

その向こうから、おひでの美しい笑顔が浮き上がってくる。

少なくとも、おひでの長屋の前までは行ったのだ。あの占い師は、なぜ、そこをもっと認めないのだろう。

富次郎は、おひでと初めて出会った時の情景を思い起こした。

あれは神田明神の鳥居の近く、大勢の人々が行き交う道の片隅だった。

——もし、落としましたよ。大丈夫ですか——。

優しい声を響かせて、自分のほうへ歩み寄ってきたおひでの体からは、花のように甘やかな香りが漂っていた。

ぼうっとのぼせてしまった富次郎のすぐ脇をおひでが通り過ぎた。目で追うと、富次郎の少し後ろで、おひでが道に落ちていた菊の花を拾い上げているところだった。花売りの婆さんが、礼を述べながら菊を受け取る。両手に抱えた花束の包みから、一本ぽろりと落ちてしまったようだ。

礼を述べる婆さんに笑いかけて、おひでは去っていった。

あの笑顔が、富次郎の胸にくっきりと貼りついて、離れない。

わたしにも笑いかけてくれたらいいのに……。

おひでのことが気になって、気になって、その翌日から神田明神の鳥居の前をうろうろした。毛筋立てを髷に挿し、道具箱を持っていたので、髪結いだとすぐにわかった。

神田明神界隈を縄張りとする岡っ引きに袖の下を渡し、おひでの身元を突き止め、暮し向きなどを調べてもらったところ、今は親しくしている男もいないとわかった。病の父を看取るまでは、母と二人で働きながら病人の世話に明け暮れて、色恋にうつつを抜かす暇もなかったようだ。

おひでの評判はすこぶるよかった。

父が亡くなったあとは、母を気晴らしの花見に連れ出したり、長屋のかみさん連中に饅頭などのささやかな土産を仕事帰りに買ってきたり。

井戸端でも人気者で、長屋の誰一人として、おひでを悪く言う者はいなかったという。

おひでのような女がそばにいてくれたら、きっと毎日癒やされるだろう。

おひでとの出会いは運命だ、と富次郎は思った。神社の鳥居の前で巡り会うだなんて、神の導きとしか思えないじゃないか。

親孝行な女だから、おひでと富次郎が一緒になれば、家族もみんな幸せになれるはずなのに——。

いい加減なことを言って糠喜びさせた、がらん堂へのむかつきが、富次郎の胸の内をぐるぐると駆け巡っていた。

❀

「お待たせいたしました。季節の蕎麦でございます」

すずは客のもとへ蕎麦を運んでいった。

師走は、牡蠣蕎麦である。ぷっくりした牡蠣と葱を具にして、片栗粉でとろみをつけてある温かい蕎麦だ。餡かけにすることで冷めにくくし、腹の底から客に暖まってもらおうという狙いがある。すずたち母娘の親類で、守屋という蕎麦屋を営んでいる吉三の考えだ。たまやには、最福神社へ詣でた客たちも多く立ち寄る。その中には、神頼みをするしか他に手立てがないと思い詰めた者がいるかもしれない。

――ふと立ち寄った茶屋で、あったけえ蕎麦をすすって、元気になってくれる人もいるかもしれねえだろう――。

いつもたまやを見守り、蕎麦の指南をしてくれている吉三の言葉を思い出しながら、すずは店内を見回した。

どんぶりに口をつけて牡蠣蕎麦のつゆを飲んだ客が「熱っ」と小さな声を漏らした。目を細め、しばし熱さに耐えているような顔をしたのちに、はあっと満足げな息をつく。

「牡蠣蕎麦ってのは初めて食ったが、なかなか乙なもんじゃねえか」

「おう。貝を載せた蕎麦といやぁ、青柳の貝柱を使った『あられ蕎麦』だが、こいつもうめえなあ」

別の床几で食べていた二人連れが、嬉しそうに顔をほころばせている。

「牡蠣の身が、ぷりっとしてよぉ。かじると、ほろ苦さと甘さが、じゅわーっと染み出てきてなあ」

「とろりとしたつゆが牡蠣に絡みついて、たまらねえぜ。葱の甘さと相まって、飲み込むのがもったいねえ美味さだなあ、こりゃ」

客たちの声に、すずは微笑んだ。

調理場を振り返ると、きよも心底から嬉しそうな笑みを浮かべている。

新たな客が戸口に立った。若い娘の二人連れだ。

「いらっしゃいませ」

二人は店の奥へ目を走らせると、顔を見合わせてひそひそ話し始めた。

「あの……」

やがて、娘の一人がすずに向かって口を開く。

「がらん堂さん、今日はいないんですか」

「占いにいらしたお客さまですか？」

すずの問いに、娘二人は大きくうなずいた。

「すみません。今日は、お休みなんですよ」

すずの言葉に、娘二人はがっくりと肩を落とした。

「それじゃ出直します」

「明日なら、占ってもらえますか？」

すずは小首をかしげた。

「明日はいらっしゃると思うんですけど……確かなことは言えなくて……すみません」

宇之助の体調次第では明日も休みかもしれない、という思いが頭をよぎった。

娘二人は再び顔を見合わせると、すんと小さく鼻で息を吸った。

「いいにおい。……それじゃ、お蕎麦を食べて帰ろうか」

「たまやのお蕎麦は、守屋と同じ味だって評判だものね」

気を取り直したような笑みを浮かべると、二人の娘は店内に踏み入ってきた。

「ええと、季節の蕎麦をください」

「あたしも」

「かしこまりました。少々お待ちください」

二人を長床几に案内して、すずは調理場へ向かう。

「おっかさん、季節の蕎麦をふたつお願い」

「あいよ」

すぐにきよが支度にかかる。

振り向くと、店内に漂っている蕎麦つゆの香りの中で、娘二人は額を合わせて話し込んでいるところだった。時折わずかに顔をしかめているので、何か憂い事があるのだろうか
――。

「季節の牡蠣蕎麦、お待たせいたしました」

できあがった蕎麦を運んでいくと、二人はぴたりとおしゃべりをやめる。

「ごゆっくりどうぞ」

調理場の入口付近に立って、すずがさりげなく娘たちの様子を見ていると、少しずつ蕎麦を口に運んでいる二人の表情が次第にほぐれてきた。

「美味しいね」

「うん、本当に」

食べ進めるごとに、二人の顔つきが明るくなってくる。

やがて二人はどんぶりと箸を長床几の上に置いて、「ごちそうさま」と手を合わせた。

娘の一人が、ほうっと息をつく。

「あたし、何であんなに悩んでいたのか、わからなくなってきちゃった」

もう一人の娘の顔を見て、おどけたように肩をすくめる。

「あんたに愚痴を聞いてもらって、美味しいお蕎麦を食べたら、どうでもよくなってきたわ」

もう一人の娘が笑った。

「それじゃお団子も食べていく？　甘い物を食べたら、悩みなんて、もっとどうでもよくなるかもよ」

二人はうなずき合うと、すずのほうへ笑顔を向けた。

「すみません、お団子を二人分お願いします」

「餡子たっぷりで」

すずも満面の笑みを返した。

「はい、ただ今お持ちいたします」

調理場を振り返ると、きよがすでに団子を皿に載せ始めていた。

不意に、甘酒のにおいがすずの鼻先に強く漂ってくる。

甘酒好きの龍が「甘酒もいいぞ」と客に薦めているかのようだった。

第四話　招き猫

開け放してある戸の向こうを、煤竹（すすだけ）売りが行く。十三日の煤払いに向けて売り歩いているのだ。

「もうじき今年も終わりかぁ」

食後の茶を飲んでいた客が声を上げた。

「煤払いが終われば、今度は歳（とし）の市（いち）だもんな。早えよなあ」

一緒に茶を飲んでいた男がうなずいた。

「さっき今生（こんじょう）明神さんに『今年も世話になりました』って挨拶（あいさつ）してきたぜ」

「おれは年を越す前に、またこっちのほうへ来るからよ。そん時、今生さんに挨拶するわ」

二人は勘定を払うと、連れ立って店を出ていった。

戸口で見送ったすずの前に、最福神社の石段を降りてきた女たちが歩み寄ってくる。若い娘と年増女の二人連れだ。

「季節の蕎麦はありますか？」

勢い込んで言った娘に、すずは「すみません」と頭を下げた。

「季節の蕎麦は売り切れなんです。本日用意しておりました蕎麦が、すべて終わってしまいましたもので」

若い娘は戸口から店の中を覗き込んで、残念そうに眉根を寄せた。

「楽しみにしてきたのに……」

「申し訳ございません」

すずがもう一度頭を下げると、娘の隣に立っていた年増女が笑顔で首を横に振った。

「こちらの茶屋は、駒形町にある守屋って蕎麦屋と縁続きだから、蕎麦の味は間違いないって近所の者に言われたんですよ。たまやに行くんなら、季節の蕎麦も食べてきなよ、って」

「さようでございましたか」

すずも笑みを浮かべる。

「わざわざいらしていただいたのに、お出しできなくて……」

「商売繁盛で、いいじゃありませんか。お団子は、まだ残っていますか？」

女の問いに、すずはうなずいた。

「餡子も、みたらしも、まだございますよ」

娘の顔が、ぱっと明るくなる。

「おっかさん、それじゃ、縁起のいいお団子を食べていこうよ」

すずは首をかしげた。

「うちの団子が、縁起いい……ですか？」

娘は大きくうなずく。

「友達に聞いたんです。たまやでお団子を食べたら、いいことがあったって」

娘の言葉に、母親の年増女もうなずく。

「この子の友達も、人伝てだったから、詳しくはわからないんですけどね。何でも、最福神社門前にあるたまやのお団子を食べたら元気になったっていう人がいるらしいんですよ。それじゃ、今生明神さんのご利益かねえ、なんて話になって」

今度は年増女が首をかしげた。

「神社門前の茶屋だから、ご利益があるって銘打ったお団子を売っているのかと思っていましたけど」

すずは首を横に振った。

「確かに、うちは最福神社の今生明神さまに昔からお見守りいただいている茶屋ですが、それを売りになどはしておりません」

「あら、そうなんですか」

娘が年増女の袖を引く。

「おっかさん、早くお団子を注文しよう」

「はいはい、わかったわよ」

すずが案内した長床几に並んで座ると、娘と年増女は団子と茶を注文した。

「餡子たっぷりでお願いします」

娘の言葉に、すずは微笑む。

「かしこまりました」

すずは調理場に足を向けながら、先日やってきた女の二人連れを思い出した。

占いにきたものの、宇之助がいなかったため、季節の蕎麦と団子を食べて帰ったのだ。

「餡子たっぷりで」と声を上げた娘と、ちょうど同じ年頃の女客たちだった。

そういえば、先日の娘たちも団子を注文した際、同じように「餡子たっぷりで」と言っていた。

もしや、たまやの団子を食べて元気になったというのは、あの女客たちのことではあるまいか。このところ団子を注文する女客が急に増えているのは、あの娘たちがもとで流れた噂(うわさ)のためではなかろうか。

客が途切れた店内で、すずが考えを話すと、宇之助は「ありうるな」とうなずいた。

「美味(うま)い物を食べると、人は元気になるものだ。加えて、たまやに漂っている清らかな氣(き)の中で心身が楽になる者も少なからずいるのだろう」

すずは店内を見回した。

生まれた時からたまやで過ごしているすずにとっては、いつもと変わりない場所なのだが、ここを「他とは違う」と感じる者もいるのか。

すずの様子を見て、宇之助が苦笑する。

「おまえはずっと慣れ親しんでいるから、わからないのかもしれないが、これが当たり前ではないのだ」

悪い氣がこもった場所では、同じ光の下で見る物でもやけに暗く感じたり、体が重く感じたりするのだと、宇之助は言う。

確かに、龍に生気を吸われている間はとてつもなく体が重く感じていたすずだったが、それ以外で重苦しさを感じたことなど一度もなかった。

すぐ目の前の最福神社から漂っている清らかな氣は、確かに、たまやにまで流れ込んでいるのだろう。

神が常に近くに在るのはありがたいことだと、すずは改めて思った。

　そういえば、嘘か真かを見抜くすずの力は、ひょっとしたら最福神社から漂っている清らかな氣の中で育ったために身についた力なのかもしれないと、宇之助は以前語っていたが……。

「こんにちは！」

　明るい声に顔を上げれば、おなつが戸口から入ってきたところだった。

「ちょっと、すず、聞いた？　浅草寺の裏手で、招き猫が売られているんですって」

　張り子で作られた、とても可愛らしい招き猫なのだという。

「三味線の稽古に行ったら、今日はその話で持ち切りよ。何でも、『願いが叶う招き猫』という触れ込みなんですって。みんな、帰りに寄ってみるって言ってたわ」

「おなつは行かなかったの？」

「ええ。すずと一緒に行きたいと思って」

　おなつは客がいない店内を見回して、にっこり笑った。

「もう少し様子を見て、お店が混んでこないようなら、あとで一緒に行けないかしら」

「いいよ、行っておいで」

　調理場から、きよが顔を出した。

「ありがたいことに、団子も残りわずかだ。蕎麦も売り切れで、出せる品数は少なくなったしさ。あとは、あたし一人でも大丈夫だろう」

「でも……」

「若い娘たちの間で流行っている物なら、おまえも気になるんじゃないのかい」

きよの言葉に、すずは口をつぐんだ。

可愛らしい物があると聞いて、まったく気にならないと言えば嘘になる。けれど、このところ何度か店を抜けさせてもらっているし、きよ一人に仕事をさせて遊びにいくのは、やはり気が引ける。

健康を取り戻した娘が元気に出歩けるようになったのが、よほど嬉しいのだろう、きよはいつも快く送り出してくれる。おなつと一緒であれば、なおさらだ。

友達づきあいの少ない娘を案じてくれているのかもしれないが……。

「いいから行っておいで」

きよがすずの背中を押す。

「いざとなったら、おせんさんを呼ぶしさ」

「あたしが何だって?」

ぬっと戸口に現われたのは、おせんである。

「いや、この子たちが、浅草寺のほうまで行きたいっていうんでね」

きよの言葉に、おせんは目を見開いて奥へ入ってきた。

「願いを叶えてくれる招き猫ってやつかい」

おなつがおせんの顔を覗き込む。

「ご存じなんですか。わたしは、さっき三味線の稽古に行って聞いたんです。願かけをすれば、招き猫が叶えてくれると評判だそうですね」

おせんは訳知り顔でうなずいた。

「倫太郎の友達が、親に買ってもらったらしいんだけどさ。祈禱師が招き猫に祈りを込めて、売っているんだって」

すずは宇之助を振り返った。

「ご存じですか？」

「知らんな」

宇之助は苦笑する。

「祈禱といっても、おそらく、気休めにまじないを唱えるくらいのものだろう」

ただ可愛らしい招き猫を売っているだけであれば害はないのだが、もし他にも高額な品を薦めてくるようであれば、ろくな連中ではないので気をつけろ、と宇之助は続けた。

「人の不安につけ込んで物を売りつけようとする輩は多いからな。おかしいと感じたら、すぐに離れることだ」

おなつが思案顔になる。

「売っているのは招き猫だけという話でしたけど……」

「まあ、おれの杞憂かもしれん。商売柄、その手の話はよく耳に入ってくるのでな」

けれど招き猫に関する災難は、今のところ宇之助のもとに届いていないと聞いて、おなつは安堵したような笑みを浮かべた。

おせんがおなつの肩を叩く。

「大丈夫、あたしも一緒に行ってやるよ。倫太郎が欲しがっていて、ちょうど気になっているところだったんだ」

きよが「へえ」と声を上げた。

「何か、願い事でもあるのかねえ」

おせんは手を横に振った。

「手習い所のみんなが持っているから欲しいんだよ。しっかりしているようで、やっぱり、あの子もまだまだ子供さ。男のくせに可愛らしい張り子の人形を買いにいくのは恥ずかしいって言うから、仕方ない、あたしが代わりに買ってきてやろうかと思ってねえ」

まんざらでもなさそうな顔で、おせんは胸に手を当てた。

「あたしったら、何ていい祖母ちゃんなんだろう」

きよが笑う。

「おせんさんだって見てみたいんだろう。流行り物にすぐ飛びつくと、また嫁さんに馬鹿にされるから、倫太郎ちゃんをいい口実にしているんじゃないのかい」

「そんなことないさ」

だが、おせんの目は明らかに泳いでいる。

「とにかく、すずちゃんたちにはあたしがついていくから、安心しておくれ」

すずは首を横に振った。

「やっぱり、おっかさん一人にしては行けません。もし、このあと店が混んできたら大変だし」

おせんは店内をぐるりと見回してから、宇之助に笑顔を向けた。

「いざとなったら宇之助さんが手伝ってくれるよ。ねえ？」

「なぜ、おれが」

宇之助はにべもなく、厳しい眼差し（まなざ）しをおせんに向けた。

「おれは占い師だぞ」

おせんが、むっと眉根を寄せる。

「いいじゃないか、ちょっとくらい助けてくれたってさあ。もし忙しくなったら頼むよって話で、必ずやれとは言ってないんだし」

宇之助は冷たく目を細める。

「お運びは、おれの仕事じゃない」

おせんは大げさに「はあっ」と大きなため息をついた。

「ちょっと手を貸すくらい、いいじゃないか。けちだねえ」

宇之助は顔をしかめる。

「けちじゃない」

ぱんぱんっと手を打ち鳴らして、きよが二人の間に入った。

「ここで喧嘩しないでおくれよ。店は大丈夫だから、すずはさっさと行っといで。さっきも言ったけど、残りの品数を考えれば、あたし一人でじゅうぶんさ」

宇之助も腕組みをしながら、行ってこいというように顎をしゃくる。

すずは微笑んだ。

「ありがとう。それじゃ行ってきます」

おなつ、おせんとともに、すずは浅草寺の裏手へ向かった。

浅草寺の東門前に延びている馬道へ入ると、急に人通りが多くなった。

通りの向こうから笑顔で歩いてくる人々の中には、招き猫を手にしている者もいる。

いそいそと前を行く者たちに、おなつが目を向けた。

「みんな、招き猫を買いにいくのかしら」

おなつの言葉に、おせんが足を速める。

「売り切れちまわないかねえ」

「まだ日も高いし、大丈夫だと思いますけど……」

と言いながら、おなつも足を速めた。

二人に遅れないように、すずも小走りになる。

馬道を北へまっすぐ進むと、黒山の人だかりに行き当たった。

おせんが目を丸くする。

「あれかい。すごい人気だねえ」

招き猫を売る露店は、寺院と寺院に挟まれている道の片隅に出ているようだが、人が多くてちっとも見えない。

人々が列になって道を埋めつくしているので、すずたちも立ち止まって並ぶしかなかった。

「はい、次の人どうぞ！　どの招き猫がいいんだい？」

売り子の大きな声が聞こえてくる。続いて、念仏のような声も聞こえてきた。

客が選んだ招き猫に、祈禱師が祈りを込めているらしい。

目の前に並んでいる女が背伸びをして、前の様子を窺った。

「駄目だ。まだ見えない。いったいどんな招き猫があるんだろうねえ」

一緒に並んでいた女も背伸びをする。

「評判通り、可愛いといいねえ。早く順番がきて欲しいよ」

周囲の者たちが一斉にうなずいた。その直後、同時に笑いが起こる。

「思ってることは、みんな同じさ」

「ほんとだよ。早く欲しいよねえ」

可愛らしい招き猫という評判を聞きつけて列になっているのは女が多かった。老いも若きも、子連れもいる。

列は少しずつ進み、長い時をかけて、すずたちは露店に近づいた。

前に並んでいる人々の向こうに、筵（むしろ）の上に鎮座している招き猫たちがようやく見えてくる。白、黒、赤、青など、さまざまな色があった。手の平の上にちょこんと載るような小さな物から、両手で抱えなければ持ち上げられないような大きな物まである。

「おっかさん、あたし、赤い猫さんが欲しい」

筵の近くに立っていた幼い女児が、母親の顔を見ながら一点を指差した。

「あの子がいいの」

すずからはよく見えないが、小さな赤い招き猫を指差しているらしい。

売り子の男がにこにこと、愛想のいい笑みを女児に向けた。

「赤は魔よけの色だから、いいお守りになるよ。こちらにいらっしゃる祈禱師の先生が、お嬢ちゃんの願い事が叶うように祈りを込めてくださるからね」

売り子が指し示したほうへ目をやると、人垣の隙間から、首に輪袈裟（わげさ）をかけて修験者（しゅげんじゃ）の法衣をまとっている男が見えた。

祈禱師は手にしている小さな錫杖を振って、しゃんしゃんと音を出す。

女児は興奮して、母親の腕を引っ張った。

「おっかさん、早く買ってよぉ。おさねちゃんが『子猫を飼えますように』ってお祈りしてもらったら、本当に子猫が家に来たんだって。おさねちゃんのおとっつぁんは絶対に駄目だって言ってたのに、そのおとっつぁんが子猫を連れてきてくれたんだってよ」

女児の言葉に、周囲がどよめく。

「そんなことって、あるのかい」

「やっぱり祈禱のおかげかねえ」

しゃん、しゃんしゃんしゃんと錫杖の音が鳴り響いた。

辺りは静まり返る。

「六根清浄、六根清浄――精魂込めて作られた招き猫に、わしが祈禱を捧げれば、みなの願いはきっと叶うであろう」

我先に招き猫を選ぼうと、筵の前に人々が押し寄せた。

「列を崩しちゃ駄目だ！　ちゃんと並んで！」

売り子が両手を広げて、女たちをいったんもとの場所へ戻す。

「招き猫は、まだまだたくさんあるんだ。みんな買えるから、あせらねえでくれ。順番に、欲しい招き猫と願い事を聞いていくからな」

売り子に促され、人々は再び列になった。先ほどの女児も、母親に手を繋がれて、おとなしく列に並び直している。みな、そわそわとした様子で、筵の上にずらりと並んでいる招き猫をじっと見つめていた。

おせんも首を伸ばして、列の向こうに目を凝らしている。

「何色がいいんだろう。倫太郎が好みそうな顔つきの猫はあるかねえ」

列の隙間から覗くと、大きな招き猫の顔がはっきり見えた。評判通り、とても可愛らしい顔つきだ。にっこり笑って、福を招き寄せてくれそうである。小さい招き猫も、さぞ可愛らしいことだろう。

早く目の前で見たいという気持ちになる。

「いったい、あれはいくらなんだろう」

「値札はついていないねえ」

「今の人、さっきとは違う値を言われていたみたいだよ」

列の前方から聞こえてくる話によると、招き猫の大きさや祈禱の内容により、値が異なるようだ。

けれど小さな招き猫であれば、さほど高くはないだろうと、すずは思った。

宇之助のおかげで健康を取り戻した今、すずは特に祈禱してもらいたいこともないので、たまやの繁盛でも願かけしてもらおうか。いや、それよりも、きよの健康と長寿を祈ってもらったほうがよいか。

「お嬢ちゃんは、赤い招き猫だったよなあ」

あれこれ考えていたら、先ほどの女児の番になっていた。売り子が腰をかがめて微笑む。

「願い事は何だい？」

「ええっとねえ……」

「この、いかさま師め！」

どこかで聞いたような声が、女児の言葉をさえぎった。

「おひでとの仲は、ちっとも深まらないぞ！　どうしてくれるんだ、金を返せ！」

これまたどこかで聞いた台詞だと思えば、富次郎である。

列に並んだ者たちを強引に押しのけ、女児の前に割り込んで、富次郎は仁王立ちした。

並んでいた者たちは顔をしかめて非難の声を上げるが、富次郎をどかそうと動く者は誰もいない。先ほど放たれた「いかさま師」「金を返せ」という言葉が気になってたまらない様子だ。

富次郎が勢いよく祈禱師を指差す。

「おい、おまえ！　わたしに嘘をついたなっ。招き猫を買えば願いは叶うと断言したくせに、おひではまたわたしを無視し出したぞ！」

ここでも歯をむき出して、ふーっ、ふーっと荒い息を吐く富次郎に、女児が怯(おび)えた。

「おっかさん、怖いよぉ」

母親が女児を抱きしめ、富次郎から離れた。

「もう帰ろう。招き猫は、また今度にしようよ」

「でも、赤い猫ちゃん……」

「この近くで、可愛らしい猫饅頭(まんじゆう)が売り出されていると聞いたよ。今日は、そっちを買ってあげるから」

「うん、わかった」

母親が女児の手を引いて、筵から離れる。売り子が引き留めようとしたが、母親と女児は足早に去っていった。

列に並んでいた者たちの間からも「どうしよう」「あたしたちも帰ろうか」という声が上がってくる。

しゃん、しゃん、しゃん、しゃんっと祈禱師が錫杖を大きく鳴らした。

辺りは再び静まり返る。

祈禱師は錫杖の先を富次郎に向けた。

「そなた——意中の女人と深い仲になりたいのであったな。わしが言った通り、ちゃんと話しかけたか？」

富次郎は得意げに胸を張った。

「もちろんだ」

「では、何と話しかけた？」

「おはよう、と」

祈禱師は鷹揚にうなずく。

「わしの言った通りに声をかけたのだな。相手もちゃんと返事をしたであろう？」

富次郎はうなずく。

「おはようございます、と小さな声で返してきた」

祈禱師は満足げな笑みを浮かべた。

「先生の祈禱は天に届いたんだ！」

売り子が富次郎を指差して叫ぶ。

「あんたは意中の女と『たったひと言でもいいから話したい』と言って、先生に祈禱を頼んだ。ひと言でも話せたんなら、先生の祈禱は本物だっ」

周囲からざわめきが起こる。

「ま、まあ、噓ではないってことかい」

「だけど『おはよう』だけじゃ、何とも言えないねえ」

列に並んでいた女たちは眉をひそめながら、祈禱師と富次郎を交互に見やる。

その視線を断ち切るように、祈禱師は錫杖を富次郎に向けたまま激しく振った。

「そのひと言を交わしたあとは、ちゃんと名乗りを上げたか？」

「上げたさ」

だが、富次郎の声は小さくなっている。

祈禱師は威圧するように、むうっと短く唸った。

「それで、女人は何と申した？」

富次郎は不満げに唇を尖らせた。

「何も言わずに、そのまま行ってしまったんだ。道具箱を持っていたから、急いでいたのかもしれない。もしかしたら聞こえなかったのかも……」

売り子が「ええっ」と声を上げる。

「それじゃ、先生のおっしゃった通りにしたとは言えねえやな」

祈禱師はうなずく。

「その者が選んだのは、一番小さい招き猫だったからな。込められる念の量にも限りがあった。相手の心を動かす祈禱となると、もっと大きな念を込めねばならぬ」

売り子が、ぱんっと手を打ち鳴らした。

「ってことは、もっと大きな招き猫が必要ですよねえ、先生」

「当然じゃ」

祈禱師は富次郎を見すえながら答えた。

「叶えたい願望が大きくなればなるほど、それに見合う何かが必要になってくる。わしの場合、祈禱に力を注いだあとは、ぐったりとして寝込んでしまうのじゃ」

売り子は痛ましげな目で祈禱師を見つめる。

「先生はそれでも、みんなのために惜しみなく力を使ってくださいますもんねえ」

祈禱師は重々しくうなずいた。

「力を持って生まれた者の定めじゃ。だが祈禱を生業とするからには、暮らしていくために銭をもらわねばならん。それに、みなは神社へ行けば当たり前のように賽銭箱に銭を入れるであろう。目に見えぬものを侮って、礼を尽くさねば、罰が当たるとわかっておるからではないのか」

富次郎は顔の前に突きつけられた錫杖をじっと見つめている。

「罰だって……？」

祈禱師は再び錫杖を鳴らした。

「わしを疑うことは、天を疑うことであるぞ。素直に信じることだ。一番大きな招き猫を買い、わしの祈禱を受ければ、今度こそ意中の女人との仲が深まる」

断言した祈禱師に、富次郎の視線が揺れる。

「必ずか……？」

「うむ、間違いない」

嘘だ。

すずには、はっきりとわかった。

祈禱師は錫杖をそっと富次郎の肩に当てた。

「哀れな若者よ、もっと自信を持つのじゃ。先日も申したが、そなたの中には大きな天賦の才が眠っている。周りの者たちは、そなたの真の力量を見誤っておるのよ」

富次郎の表情がくしゃりとゆがんだ。

「そ、そうなんだ……おっかさんも、おとっつぁんも、兄さんも、わたしを子供扱いするばかりで、いつまで経っても一人前の男として見てくれない」

祈禱師は慰めるように、錫杖で富次郎の肩を軽く叩いた。

「それなのに、別の縁談を持ってくるのであったな。所帯を持つのであれば、もう一人前の男であろうに。そなたの親たちは、やはり筋が通っておらぬ。そなたの苦労が窺い知れるというものよ」

「先生のおっしゃる通りだ」

売り子がそっと富次郎の肩に手を回す。

「今日こそ一番大きな招き猫を買うべきだぜ。そうすれば、きっと願い通りの未来が訪れるさ」

「そうかな」

「そうに決まってるじゃねえか。意中の女とねんごろになりてえんだろう?」

「そりゃ、まあ」

売り子と富次郎が話している間に、祈禱師は錫杖を右手に持ったまま、筵の上から一番大きな招き猫を両手で持ち上げた。赤子ほどもある大きさだ。

招き猫の額に自分の額を押し当てると、小声で何やらぶつぶつ唱え始める。

「六根清浄、六根清浄、富次郎と意中の女人が……であるからして……となるように……神よ、わしの声を聞きたまえ」

ところどころ聞こえず、非常に怪しい。

「きえーいっ」

突然、祈禱師が雄叫(おたけ)びを上げた。

その場にいたみなが、びくりと身をすくめる。

売り子が祈禱師に向かって手を合わせた。

「先生、念が入りましたか」

祈禱師はうなずく。

「だが、まだ半分じゃ。もう少し頑張らねばならぬ」

売り子が富次郎に向かって右手を差し出した。

「それじゃ、いっぱいになるまで入れていただく間に、おれが代金をもらっておこう」

富次郎は「えっ」と声を上げた。

「まだ買うと言っていないのに」

「何だって⁉ 今さら何を言ってやがるんだ!」

売り子が険しい顔で、富次郎の胸ぐらをつかむ。

「先生は、もう念を入れてくださったんだぞ。代金を踏み倒そうって魂胆か!」

売り子の剣幕に、富次郎は青ざめた。

「いや、そうじゃないが……まだ買うとはっきり決めていなかったんで……」

「おれが『買うべきだ』って言ったら、おまえは断らなかったじゃねえか。意中の女とねんごろになりてえって言ったから、先生が念を込めてくださったんだろうがよ。金を払うのは当たり前だぜ」

売り子は胸ぐらをつかんだまま、富次郎を強く揺さぶった。富次郎は「ひぃ」と悲鳴を上げる。

「こら、乱暴な真似(まね)はよさぬか」

祈禱師が招き猫を抱えて富次郎の前に来た。

「今はまだ半分しか念を入れておらぬが、このまま買うというのであれば、特別に半値でよいぞ」

祈禱師に促され、売り子は富次郎を放した。すかさず祈禱師が招き猫をぐいと富次郎の胸に押し当てる。思わずといったように、富次郎は両手で招き猫を押さえた。祈禱師が、ぱっと手を離す。

「せいぜい大事にするがよい。半分しか念が入っておらぬゆえ、効き目は半減するであろうがのう」

富次郎はぎょっとした顔で、両手に抱えた招き猫を見下ろした。

「効き目が半減だって⁉」

祈禱師はうなずく。

「当然であろう。大きな願いを叶えるには、大きな念の力が必要だと申したはずじゃ。いったん手にした招き猫を粗末に扱っても、罰が当たる」

「そんな……」

売り子が再び富次郎の前に右手を出す。

「ほら、早く金を払えよ」

招き猫を受け取ってしまっている富次郎が、情けなく眉尻を下げた、その時――。

「先生、ありがとうございましたっ」

どこからともなく疾走してきた羽織(はおり)姿の男が、祈禱師の前に膝をついてひれ伏した。

「本当に、本当に、願いが叶いましたのは先生のご祈禱のおかげです。一番大きな招き猫を買った甲斐がありました！」

周囲がざわめく。

「先生を信じてよかったと、心からそう思います。もし疑っていたら、今の成功は絶対になかったでしょう」

ひれ伏す男の前に、祈禱師はかがみ込んだ。

「頭を上げよ。わしは祈禱師としての役目を果たしただけじゃ」

「先生は、わたしの大恩人です」

男は顔を上げると、祈禱師の法衣の袖を両手でうやうやしく持ち上げて額を押し当てた。

「先生が祈りを込めてくださった招き猫を毎日拝み、先生のお言葉通りに商いを続けていたら、沖で沈んだとばかり思っていた船が戻ってきたんです。積んでいた荷も、船乗りたちも、みんな無事でした」

周囲から感嘆の声が上がる。

ひれ伏していた男は立ち上がると、富次郎に向かって笑いかけた。

「あなたも招き猫を買ったんですね？　先生のお力にすがれば、必ず成功できますよ」

富次郎は自分が抱えている招き猫と男を交互に見た。

「あなたも……一番大きな招き猫を買ったんですね？」

男は満面の笑みを浮かべてうなずいた。

富次郎は覚悟を決めたように、祈禱師に向かって招き猫を差し出す。

「やっぱり、招き猫に入るだけの念を――」

「だ、駄目」

すずは思わず声を上げた。

近くにいた何人かの視線が、すずに集まる。すずはひるんだ。

幼い頃に「気持ち悪い」と言われた思い出が、頭の中によみがえる。

けれど、目の前で富次郎が騙されるのを、このまま黙って見過ごしていられれようか。

おなつがすずの顔を覗き込んでくる。

「あいつら、嘘をついているのね？」

すずはうなずいた。

周囲の者たちが顔を見合わせる。

「嘘だって」

「買っちゃ駄目だってよ」

祈禱師と売り子が、すずとおなつを睨みつけた。

「何だ、てめえら」

「わしの祈禱に文句があるのか」

招き猫を抱えた富次郎が眉根を寄せて、じろじろとすずを見る。

「おまえは、確か、たまやの——」

祈禱師が富次郎に向き直った。

「知り合いか？」

「先日お話しした、占い茶屋にいた娘ですよ」

「ああ、ひどい目に遭ったのだったな」

祈禱師は、ふんと鼻先でせせら笑った。

「よい運気の中にいるから何をやっても上手くいくなどと調子のいいことを言って、そなたを惑わせた占い師と関わりのある者などには、近寄らぬほうがよいぞ」

売り子が腕組みをして、すずの前に立つ。

「おい、おまえ、占いの客を取られたと逆恨みして、先生に難癖をつけようってんだな」

「そんな、違います」

「ふてえ女だ。てめえんとこの占い師の占いがはずれたから、客はこっちへ来たんだろう。それを邪魔しようってんなら許さねえぞ。客の幸せを願えねえんなら、占い茶屋なんてやめちまえっ」

おせんがずいっと身を乗り出して、すずと売り子の間に割って入った。

「ちょいと、お待ち。ずいぶんと聞き捨てならないことを言っておくれだねえ」

売り子がじろりと、おせんを見下ろす。

「何だ、この婆は」

「婆とは何だい。まったく失礼な男だよ」

おせんは負けじと胸を張って、売り子を見上げた。

「まっとうな商売をしているんなら、そんな居丈高な物言いをする必要ないじゃないか。船が無事だったって、さっきの話が本当なら、いつ、どこの店で起こった出来事なのか、もうちょっと詳しく教えておくれ」

売り子の顔に青筋が立つ。

すずは慌てて、おせんの袖を引いた。

「あおるのはやめましょう」

おせんは不満げに唇を尖らせて、船の話をした男を指差した。

「だって本当の話なら、あの男がどこの誰か、堂々と言えるはずだろう」

「田吾作じゃねえか」

不意に背後から声が上がった。

振り向くと、先ほどまで見かけなかった男が立っていて、おせんの指差した男に向かって笑いかけている。

「久しぶりだなあ。おめえ、こんなところで何やってんだ。どこぞの店の旦那みてえな恰好してよお」

通りかかった男は色あせた着流し姿で、田吾作と呼ばれた男とはずいぶん身なりに差があった。

「何だよ、おれのこと忘れちまったのか？　昔、一緒に駕籠かきやってた、平助だよ」

周囲の者たちは田吾作と平助を交互に見やる。

「駕籠かきだって？　船を持ってる商売人じゃないのかい」

「商売替えしたってこと？」

ざわめく者たちを蹴散らすように、しゃん、しゃん、しゃんっと錫杖が鳴らされた。

「ええい、今日はもうやめじゃ！」

祈禱師が叫ぶ。

「こんなに騒がしくては、祈禱などできんわ」

売り子がいまいましげに舌打ちをして、富次郎の腕を引っ張る。

「こっちへ来い。金を払え」

止めなければ――と、すずが思った時、杖をついた男が目の前を横切った。

「先生、申し訳ございませんでしたっ」

大きな叫び声に、みなの視線が集まる。

男は杖をつきながら、よろよろと祈禱師に歩み寄る。

「おれが馬鹿でした。先生の言いつけを守らず、招き猫を粗末にしたせいで、左足に怪我を負っちまって――」

男が着物の裾をはだけた。左足の巻き木綿に、周囲の視線が集まる。

「本当に、悔やんでいるんです。心を入れ替えて、今度こそ招き猫を大事にしますから、どうか助けてください」

祈禱師はうなずいて、男の肩に手を置いた。

「では、もう一度、祈禱をしてやろう。ここは落ち着かぬゆえ、場所を移すぞ」

「はい」

すずは眉根を寄せた。

祈禱師と、杖をついた男の体から、黒いもやのようなものが立ち上っている。

ついさっきまでは、何も見えなかったのに。

これは、いったい……。

招き猫を片づけ始めた売り子のほうへ目を移すと、やはり黒いもやのようなものが体から立ち上っていた。

「ちょっと、もう売らないのかい」

すずの近くにいた女が突然、大声を上げた。すずは驚いて、思わずびくりと身をすくめてしまう。

気がつけば、祈禱師たちの体から立ち上っていた黒いもやのようなものが消えている。

目を凝らしても、もう何も見えない。

気のせいだったのだろうか……。

「長い間ずっと並んでたんだ。招き猫を見せておくれよ」

列になっていた者たちが騒ぎ出す。

「買おうと思って、わざわざ来たんだよ」

「まだあるんなら、売っておくれ」

招き猫を欲しがる者たちが、どっと売り子に詰め寄った。押し合いへし合いになる。すずたちの後ろからも、大勢の人々がぎゅうぎゅうと押し寄せた。

「ちょいと、おやめ！　押すんじゃないよっ」

おせんが叫ぶも、聞く耳を持つ者は誰もいない。

おなつが、すずとおせんの腕を引いた。

「危ないから離れましょう」

はぐれぬよう手を繋ぎ合い、縦になって、すずたちは人並みの中を進んだ。

やっとのことで混雑を抜け、細い脇道へそれる。

すずたちは手を離すと、ほっと息をついた。

「まったく、ひどい目に遭ったねえ」

着物の乱れを直しながら、おせんが「おや」と眉をひそめる。

その視線を追うと、前方に二人の男がいた。船の話をしていた田吾作という男と、かつて一緒に駕籠かきをしていたという平助である。

「だから人違いだと言っているだろう。わたしは田吾作などという名前ではない」

「だけど、こんなにそっくりの顔で――声だって」

「他人の空似だろう。わたしはおまえを知らないし、駕籠かきなどしたこともない」

「じゃあ、おめえは、どこの誰なんで？」

「おまえに名乗る筋合いはない」

ふと、二人がすずたちに顔を向けた。

狭い道なので、すれ違う邪魔にならぬよう、平助がさっと端に寄ってくれる。

もう一人の男は、平助の気がそれたのを幸いとばかりに、ものすごい勢いで道の先へ駆けていった。

「おい、田吾作っ」

男の姿は、あっという間に見えなくなった。平助が肩を落とす。

「もし、おまえさん」

おせんが平助に歩み寄った。

「先ほど、招き猫の前にいたお人ですよねえ」

　平助はうなずく。

「おめえさんがたも、あの場にいたのかい」

「ええ。願いが叶うと評判の招き猫を見にいったんですけど、あんまりにも混んでいたんでやめました」

　おせんは道の先へ目を向けた。

「それより、今のお人――自前の船を持つほど大きな商売をしているらしいですけど、昔は駕籠かきだったんですか？　招き猫を拝んで成功を収めたっていうんなら、やっぱりあたしたちも招き猫を買ってくるべきだったかと思いましてねえ」

　おせんの話に、平助は目を丸くする。

「自前の船だって？　いつも賭場で借金こしらえていたやつが？」

「おや、まあ」

　おせんは大げさに驚いた顔をした。

「ずいぶん真面目そうな人に見えたけど、賭け事が好きだったんですか」

　平助は自信なげに首をかしげた。

「だけど、やっぱり人違いだったのかなあ」

　平助の知っている田吾作は、しょっちゅう賭場で大負けをして持ち金を使い果たし、長屋の連中に頭を下げて飯を恵んでもらっていたのだという。

「長屋って、どちらの？」

さりげなく口を挟んだおせんに、平助は「南本所石原町だ」と答える。

「昔は、おれも同じ長屋だったから、よく部屋に転がり込まれてよ。飯でも酒でも、ある物はみんな食われちまってた」

それでも、夜中に熱を出す子供がいれば医者を呼びに走ったり、こっぴどい夫婦喧嘩が始まれば仲裁に入ったりと、なかなか憎めないところがある男だったので、長屋のみなも「しょうがないやつだ」と言いながらつき合いを続けていた。

「いつの間にか、田吾作はふらりといなくなってよ。借金取りから逃げたんだと、みんな思っていたんだ」

実際に、柄の悪い男たちが何度か田吾作を訪ねてきたのだという。

「田吾作の行方なんて、みんな本当に何も知らなかったから、聞かれても答えようがなくてよ」

やがて田吾作を訪ねてくる者はいなくなり、年月が流れて長屋の住人も入れ替わった。田吾作の話をすることもなくなり、今日あの場を通りかかるまで、平助もすっかり忘れていたのだ。

「よく似た顔だと思ったんだが、何年も経っているからなあ。しゃべり方も違ったし……人違いと言われれば、それまでだ」

平助は自分を納得させるようにうなずいて、おせんに向き直った。

「すまねえが、招き猫のおかげで、駕籠かきが船持ちの旦那に転身したなんていう成功話にはならなそうだな」

おせんはにこやかに首を横に振った。

「やっぱり、何でもかんでも招き猫頼みじゃいけませんよねえ。お引き留めして、すみませんでした」

平助は笑顔で「おう」と右手を上げて、去っていく。

「話し好きな人で、よかったよ」

平助の姿が見えなくなってから、おせんが呟いた。

おなつがおせんの顔を覗き込む。

「やっぱり、あの招き猫売りたちは怪しいと思って聞き込んだんですね？」

「もちろんさ」

おせんは胸を張った。

「おなつちゃん、さっきの話を加納の旦那のお耳に入れといておくれ。あたしを婆呼ばわりした無礼なやつらだ。叩けば、きっと埃が出るよ」

加納源丈は、北町奉行所の高積見廻り同心である。往来や河岸に置かれた積み荷に危険がないか取り締まるのが役目だ。罪人を捕らえるのは、定町廻り同心などの役目である。

おせんの言葉に、おなつはうなずいた。

「加納さまは、定町廻り同心の土谷さまと親しくしておいでですから、何とかしてくれるかもしれませんね」

以前、おなつの知り合いであった宇之助の占い客も、加納と土谷庄右衛門に助けられていた。

おせんは、ぱんと両手を合わせせる。

「胡散くさいやつらの相手は町方の旦那に任せて、あたしたちは猫饅頭とやらを買って帰るとしよう」

おなつが小首をかしげる。

「さっき、招き猫を買わずに帰った女の子のおっかさんが言っていた饅頭ですね。どこで売っているんでしょうか」

おせんも首をかしげる。

「さあ……だけど、さっきの場所の近くで売っているって言ってたよねえ」

馬道に戻ってみると、人がまばらになっていた。

通りかかった針売りの女に尋ねると、浅草北馬道町にある饅頭屋で、猫の焼き印を押した饅頭が売られていると教えてくれた。

「行ってみよう」

おせんが早足で進む。

「招き猫を買えなかった者たちが群がっていないといいけどねえ」

おなつが小走りになった。

「売り切れたら嫌だわ」

競い合うように、おせんも駆け出す。

すずも急いで二人のあとを追った。

危惧した通り、店の前には長い列ができていたが、何人もの奉公人たちが饅頭を売りさばいているので、すぐに順番が来そうだ。饅頭も、たっぷり用意されている。

「お次の方、おいくつですか。その次の方は、おいくつで」

客に買う数を聞いていく者、聞いた数を紙袋に入れていく者、代金を受け取る者、それぞれがてきぱきと動いている。

「わあ、可愛い」

列が進み、ずらりと饅頭が並べられた木箱の前に来て、おなつが歓声を上げた。

すずも木箱の中を覗き込んで、にっこり笑みを浮かべる。

饅頭の白い皮に、可愛らしい猫の焼き印が押されていた。

おせんが悩ましげに唸った。

「頭のほうからばくっとかぶりつくか、足のほうからちんまり食べるか、迷うねえ、これは」

周囲の客たちがそろってうなずいた。

それぞれ家族の人数分を買って、すずたちは帰路に就く。

たまやへ戻ると、店内はちょうど客が途切れているところだった。

「ただいま。お饅頭を買ってきたの。宇之助さんの分もあるから、一緒に食べましょう」

饅頭を小皿に載せて出すと、茶を淹れてきたきよが目を細めた。

「おや、可愛らしいねえ。招き猫みたいだ」

宇之助は焼き印を一瞥して、ばくりと頬張った。

すずは思わず、宇之助が手にしている饅頭を見つめた。猫の体は、縦に真っ二つだ。

宇之助が怪訝顔になる。

「何だ？」

「いえ、何でも」

宇之助はわずかに首をかしげたが、黙って残りの饅頭を口に入れた。

すずは猫の焼き印を見ないようにして食べる。

饅頭を食べ終えたきよが、ふと、すずの座っている辺りを見回した。

「そういや、おまえ、買ってきたのは饅頭だけかい？　招き猫は、気に入ったのがなかったのかい」

「それが……」

すずは祈禱師たちの一件を語った。

宇之助が思案顔になる。

「嘘と、黒いもや——か」

きよは不安げに眉尻を下げて、すずと宇之助を交互に見た。

「怪しい人たちと会ったために、この子に何か変なものが取り憑いてしまったなんてことはありませんか?」

「それはない」

宇之助が即答する。

「すずには龍が憑いているから、そんじょそこらの悪霊も近寄れないはずだ。祈禱師が術を飛ばそうとすれば、龍が攻めに転じていただろうしな」

宇之助がすずの頭上を眺めた。

「祈禱師は、龍の存在に気づいていた様子だったか?」

「いえ」

「では雑魚だな。龍の存在に気づいていない時点で、力量が知れるというものだ。霊力など、まったくないのかもしれないぞ」

すずはきよと顔を見合わせた。

「一刻も早く、町方の旦那にしょっ引いてもらったほうがいいんじゃないのかい」

「おなつが加納さまのお耳に入れるはずだけど……」

宇之助はのんびりと茶をすする。

「何もしなくたって、そのうち、ぼろが出るだろう。招き猫を買った者も、可愛らしい物をそばに置いて喜んでいるだけなら、特に害はないはずだ。話を聞く限り、その祈禱師には、本当に術を込める力などないだろうからな」

すずは首をかしげる。

「あたしが見た、あの黒いもやは何だったんでしょうか」

宇之助は小さく唸った。

「おれは目にしていないから、はっきりとは言えないが……おそらく、悪意のようなものだろうな」

「今まで、そんなことは一度もありませんでしたけど」

「おれと出会ったことで、力が上がったんだろう。龍の守護も得たしな」

「そんなことって、あるんですか」

宇之助は事もなげに「ある」と言う。

すずは信じがたい思いで、再びきよと顔を見合わせた。

と、その時――。

「いやあ、まいりましたね、旦那」

表から聞こえた声に、すずたちは戸口へ顔を向ける。

「まさか、たまやへ辿り着くまでに、こんなに難儀するとは思いませんでしたぜ」

「うむ」

黒の紋付羽織に着流し姿の加納が、中間の寅五郎を従えて現われた。

何やら険しい顔をしていると思ったが、店内を見るなり、にこっと笑顔になった。

「ここに、おなつがおると、半田屋で聞いたのだが――」

浅草田原町一丁目の提灯屋である半田屋は、おなつの父が営んでいる店である。

「何だ、おなつはおらぬのか」

尻すぼみになっていく声とともに、加納の表情がまた険しくなった。

「さっきまで一緒だったんですけど」

すずの言葉に、加納はため息をつく。

「おれはいったい、何のために苦労してここまで来たのか……」

寅五郎がうなずいた。

「大八車で道をふさがれたあげく、ええ回り道を何度もしましたもんねえ。いつもなら、こんなことねえのに。まさか、歩き慣れた江戸で道に迷うだなんて」

宇之助が、ぐっと眉根を寄せた。

「ええっ、加納の旦那たち、半田屋さんからここへ来るまでの間に迷っちまったんですか?」

がらん堂の口調になって、宇之助は問う。

「お二人の知らねえ細い裏道なんかがあったんですかねえ」

寅五郎が首を横に振る。

「いや、それが――」

「迷ったのではない!」

加納が寅五郎をさえぎった。

「少しばかりぼんやりしていて、曲がるところを間違えてしまっただけだ。お役目のことで頭がいっぱいだったのでな」

加納は寅五郎の耳をぐいと引っ張った。

「よけいなことを申すな。町方同心が見回りの道を覚えておらぬなど、恥さらしではないか」

すずたちに聞こえぬようにささやいたつもりだろうが、丸聞こえである。

加納は咳払い(せきばらい)をすると、背筋を正して胸元を押さえた。すかさず宇之助が鋭い目を向ける。

「ちょいと懐が膨らんでいるようですが、ひょっとして、おなつちゃんに何か土産物でも？」

寅五郎が感心したように宇之助を見る。

「よく気づいたなあ。実は、可愛らしい招き猫をよぉ」

加納が寅五郎の後ろ頭をぱしんと叩いた。寅五郎は後ろ頭を押さえながら、加納の後ろに下がる。

すずは思わず眉をひそめて、加納の胸元を見た。きよも顔をしかめて、加納を見つめる。

「む、何だ？　何かついておるか？」

加納は自分の着物を見回した。

「いえ、違うんです」

すずは祈禱師たちの一件を、もう一度、加納の前で語った。

加納が目を白黒させながら懐から取り出したのは、可愛らしい薄桃色の招き猫である。

宇之助が招き猫を凝視した。

「それは、浅草寺の裏手でお買い求めに？」

宇之助の問いに、加納は首を横に振った。

「いや、違う。これは北町奉行所の近くで買ったのだ。売っていたのも、法衣姿の祈禱師ではなかった」

道の片隅にひっそりと露店を出して招き猫を売っていた老爺が一人で売っていたという。尻端折りに股引で、そこらにいるような恰好をしていた老爺は、前を通りかかる者に時折声をかけていた。

「ご新造さまのお土産にいかがですか、と、おれも言われてなあ」

加納は、でれんと目尻を下げた。

「おなつが喜ぶかと思ったのだ」

寅五郎が盛大なため息をつく。

「旦那も本当なら、さっさと嫁取りをしなきゃならねえんですけどねえ。お父上が突然亡くなられて、独り身のまま急きょ家長となられたのは仕方のねえことですが、お母上は『早く跡継ぎを』と毎日やきもきなさってますぜ」

「黙れ」

加納に睨みつけられて、寅五郎は肩をすくめた。

本来であれば、同じ家格の娘を妻として迎えるべきところであろうに……やはり加納は、町女のおなつに本気で惚れているのかもしれない、とすずは思った。

「旦那、その招き猫をおれに見せてくださいよ」

助け船を出すように、宇之助が右手を出した。

「お、おう」

嫁取りの話から逃れられると思ったのか、加納はいそいそと宇之助のもとへ向かう。

「おかしなところは何もないと思うのだが」

差し出された手の上に、加納は招き猫を載せた。

宇之助が眉間(みけん)にしわを寄せる。

「これは……」

両手で招き猫をつかむと、宇之助は長い唸り声を上げた。恐ろしさを感じるほど気迫に満ちた眼差しで、招き猫を睨んでいる。

誰も何も言えなかった。

やがて宇之助は、ふうっと息をついて、顔を上げた。

「旦那、これには呪(のろ)いがかかっていますぜ。持っていちゃ危ねえ」

「何だと?」

「旦那たちが道に迷ったのも、これのせいだ。ここに辿り着けねえように、邪魔をされていた」

信じられぬと言いたげな目で招き猫を凝視しながら、加納は顎(あご)を撫(な)でさすった。

「そんなことが本当にあるのか?」

加納の背中越しに、寅五郎が招き猫を指差す。

「呪いのせいだと言われりゃ、納得がいくじゃありませんか、旦那。いつも通っている道なのに、どっちへ行ったらいいか突然わからなくなっただなんて、やっぱりおかしいですよ」

「うぅむ……」

加納は首をひねる。

「だが、もし真に呪いというものが存在するならば、なぜ邪魔をされていたのだ。おなつに渡してはならぬということだったのか？」

「おれの手に渡っちゃならねえということですよ」

にっと口角を上げて、宇之助は招き猫をぶらぶらと振った。

「呪いを解かれちまいますからねえ」

疑わしげな目を向ける加納に、宇之助は笑みを深めた。

「おれは退魔も行う占い師として、その界隈（かいわい）じゃ名を知られておりましてね」

招き猫を売っていた老爺が加納に声をかけたのは、ただの偶然ではなく、町方の役人を狙っていた恐れがある、と宇之助は続けた。

寅五郎が身震いをする。

「黒の紋付羽織を見ただけで虫唾（むしず）が走るっていう逆恨み野郎は、きっと大勢いるでしょうからねえ。おれたち、よく無事にここまで来られましたよ、旦那」

宇之助はにっこりと寅五郎に笑いかけた。

「お二人の日頃の心がけがいいからに違いありませんぜ。最福神社の今生明神さまも、きっとお二人には目をかけていなさるんでしょうよ」

寅五郎はまんざらでもなさそうな顔でうなずいた。

加納は困り顔になる。

「呪いかどうかは知らんが、けちがついた物は、おなつに渡せんな」

宇之助はうなずいた。

「ご賢明です。まあ、おれが呪いだなんて言わなくても、祈禱師の一件から、おなつちゃんは招き猫を受け取りたがらなかったでしょうがね」

加納はしょんぼりと肩を落とす。

「こたびばかりは、すれ違ってよかったということか……」

加納は顔を上げると、宇之助を睨みつけた。

「おい、おなつによけいなことを言うんじゃないぞ」

宇之助は心得顔でうなずいた。

「その代わり、加納の旦那は、招き猫を売っているやつらのことを調べてくださいよ」

加納は片眉を上げる。

「おれは定町廻りじゃねえぞ」

「だからできねえだなんて言いませんよねえ?」

宇之助はからかうような声を上げた。

「何なら、また土谷さまにご助力をお願いすればいいんです。おなつちゃんに『きゃー、素敵。やっぱり頼りになるお方だわあ』って言われるのは、土谷さまになっちまうかもしれませんがね」

加納は悔しそうに舌打ちをする。

「調べりゃいいんだろう、調べりゃ。呪いだか何だか知らねえが、もし本当におかしな物をつかまされていたんなら、おれの恥にもなるからな」

寅五郎がおろおろと慌て出す。

「奉行所の近くで買ったんですから、顔見知りに見られていたかもしれませんぜ。招き猫売りが詐欺師か何かだったとして、町方の同心も買っていただなんて話が広まったら、まずいですよ」

加納が顔をしかめる。

「調べを進めるために買ったことにすりゃいいんですよ」

宇之助の言葉に、加納と寅五郎はそろって安堵の息をついた。

「嘘を真にするためにも、お調べのほう、しっかりお願いしますよ。もしまた道に迷ったり、体に不調をきたしたりと、少しでもおかしいと思うことがあれば、すぐにおれのところへ来てください」

加納と寅五郎は嫌そうに顔をしかめる。

「この件に関わって、おれたち自身も呪われたりしねえのか……？」

宇之助は二人を安心させるように、にっこり笑った。

「おれの手に招き猫が渡ったことは相手も察知したでしょうから、今度は大丈夫だと思いますがねえ」

加納と寅五郎は疑り深い目を宇之助に向ける。

宇之助は自信満々の表情で胸を張った。

「人を呪わば穴ふたつ——おれは呪い返しも得意ですから、ご安心くださいよ」

「お、おう」

この一件から引き返したいが、武士に二言は許されぬとあきらめたような表情で、加納はうなずいた。

「調べのほうは任せておけ」

虚勢を張るようにどんと胸を叩くと、加納は寅五郎を引き連れて足早に去っていった。

二人の姿が見えなくなってから、宇之助が立ち上がる。

「今日はもう帰る。こいつの始末をしなきゃならないんでな」

宇之助の手の中にある招き猫を、すずは見つめた。

「こんな可愛らしい物に呪いがかかっていたなんて……」

「呪いをかけた者は、かなりの術者だ」

宇之助はいまいましそうに唇を噛む。

「このおれに跡を辿らせぬほどのな」

霊力を使って招き猫を視ても、呪術者の手がかりがつかめなかったのだという。

「せっかく龍が、おれのもとへ導いてくれたんだがな」

加納たちが何とか無事にたまやへ辿り着けたのは、実は、今すずを守っている龍の力が働いていたのだと宇之助は語った。

「おれに何かを知らせてくれようとしたようだ」

それが何かは、今のところまだわからない。

招き猫を清めてから焼くと言って、宇之助は帰っていった。


調べを終えた加納が寅五郎を連れてたまやに現われたのは、数日後の夜である。

暖簾をしまったあとの店内で、すずたちは長床几に腰を下ろして話を聞いた。

「おせんの聞き込みが大いに役立ったぞ。招き猫のおかげで船が無事だったと語っていた男は、やはり田吾作だった」

定町廻り同心、土谷の手の者が、しらみ潰しに賭場を探り、かつて南本所石原町の長屋に住んでいた元駕籠かきの田吾作が、浅草寺の裏手で招き猫を売っている男たちと繋がっていたことを突き止めたのである。

「田吾作が船主であるという話も、真っ赤な嘘だ。借金地獄から救ってもらうため、賭場の元締めの子分になって、詐欺働きをしておったのよ。やつらは、みな賭場で繋がっておった」

祈禱師のふりをしているのは剛太郎（ごうたろう）という男で、いつの間にか江戸に居着いた流れ者だった。江戸へ来る前は相模国（さがみのくに）にいたらしいが、身元は不明で、あちこちの賭場に出入りしていたという。

「やつも田吾作と同様に、賭場で金を使い果たし、元締めの言いなりになっておるのだ」

招き猫の売り子は、佳久（よしひさ）という男で、元締めが信頼を置く子分だった。元締めの指図を受けながら、剛太郎や田吾作を使っていたのだ。

「招き猫を粗末にして怪我を負ったという男も、佳久の仕込みでな」

佳久が賭場の奥の一室で得意げに話しているのを、土谷の手下が耳にしていた。

町の人々に招き猫のご利益を信じ込ませるため、売り場の近くには、常に数人の騙（かた）りを用意していたらしい。

「佳久は、なかなか悪知恵の働くやつでな。嘘と真を織り交ぜて、招き猫のご利益をもっともらしく見せておったわ」

子猫を飼いたいと願ったら、絶対に駄目だと言っていた父親が子猫を連れてきたという、おさねの件は、当人たちの与り知らぬところで仕組まれていた。

その父親の仕事相手の家の前に、生後間もない子猫を何匹も捨てたのだ。その一家は猫好きで知られており、弱った野良猫を見つけると連れて帰り、懸命に世話をしていた。数多くの猫が家に集まった時には、他に飼ってくれる者を探すのだ。

「佳久が、たまたまその一家のことを知っておってな。猫が欲しいという願いを聞いた瞬間に、使えないかと考えたらしい」

招き猫を買って帰るおさねと母親のあとを手下に追わせ、父親のことを調べさせると、ちょうど猫好き一家の主から仕事をもらっている職人だった。おさねの家で猫を飼いたがっていると耳に吹き込めば、猫好き一家の主は「もらって欲しい」と強く頼むだろうと、佳久は踏んだ。

「手下たちに、川原や土手から猫を拾ってこさせては、その家の前に捨て、周りの者に飼ってくれと頼まざるを得ない状況を作ったのだ」

仕事相手から猫をもらってくれと強く頼まれれば、父親も断りづらいはずだ、という佳久の読みは当たった。

「まったく小賢しい」

加納はいまいましげに顔をしかめる。

「集められた猫たちがみな、よい家にもらわれていっていたのが救いだ」

　他にも、商売が繁盛するよう願をかけて招き猫を買っていった男のもとへ、新しい客を送り込んだり——ただし、これは客の振りをした三下（さんした）だったので、相手に望みを持たせただけで、実際に仕事が上手くいくわけではない。

「にもかかわらず、そいつは自信を持っちまって、他の客との縁が結ばれたって話なんですよねえ、旦那」

　寅五郎が首をかしげた。

「瓢簞（ひょうたん）から駒ってんですかねえ、こういうの」

　宇之助が訳知り顔で目を細める。

「何事も、気持ちが大事ってことですよ。招き猫に願かけしたら、さっそく新しい客が現われたってんで、調子づいて、流れに乗ったんでしょうねえ」

　ところで、と宇之助は居住まいを正した。

「浅草寺の裏手で売られていた招き猫は手に入りましたか？」

　加納がうなずいて、寅五郎を見やる。寅五郎は袖の中から、膨らんだ手拭いを取り出した。

　本当はここまで運んでくるのも嫌だったという顔で、寅五郎は手拭いの先をつまんで宇之助に突き出した。宇之助が受け取ると、さっと素早く手を引っ込める。

　宇之助は手拭いを広げて、包まれていた小さな招き猫をつまみ上げた。

「いつも見回っている店の者も、買っておったのだ。仔細は語れぬが、お調べのためだと言って、借りてきた」

宇之助は左手の指先で額を三回軽く叩き、右手に持った招き猫を凝視する。

しばし沈黙した。

みな固唾を呑んで、宇之助を見つめる。

「……うん、これは何ともない」

宇之助の呟きに、一同は大きく息をついた。

「これは、このまま返しても大丈夫ですぜ」

宇之助は招き猫を手拭いで包み直すと、寅五郎に差し出した。しかし寅五郎は手を出さない。

「小せえ招き猫だから、大きな呪いが入らなかったってことはねえのか」

「それはねえ」

宇之助は即答する。

「根付みてえな小さな物にだって、人を殺すほどの呪いをかけられますよ」

寅五郎は喉の奥で「ひっ」と小さな声を上げる。

「とにかく、この招き猫は大丈夫ですから、安心しておくんなさい」

寅五郎は恐る恐る招き猫を受け取って、再び袖の中にしまった。

　宇之助は加納に向き直る。

「旦那が招き猫を買った爺（じじい）と、浅草のいかさま祈禱師たちの間に、何か繋がりはなかったんで？」

「うむ……実は、賭場の元締めは、何者かに招き猫を売るように勧められたらしいのだが」

　それが誰なのかは、まだ不明だという。

「土谷さんの手下が探っているのだが、どれだけ聞き込んでも、みな一様に『わからない』と言うばかりらしい」

　土谷の手下の話によると、上手く話を聞き出せそうになっても、みな肝心なところで「あれ、何だっけ」と首をひねり出すのだという。とぼけている様子もなく、本当に突然忘れてしまったとしか思えないと、土谷の手下も不思議がっている。

　宇之助は唸った。

「これ以上探っても、そいつの正体には辿り着けないかもしれませんねえ。どうやら相当厄介なやつが、裏で糸を引いているようだ」

　加納がじろりと宇之助を見る。

「心当たりがありそうだな」

「あり過ぎて、困っちまいますよ」

宇之助は薄く笑いながら宙を睨んだ。

「もし、おれの因縁が関わっているんだとしたら、用心しねえと。下手したら、死人が出るかもしれませんぜ。くれぐれも気をつけて事に当たるよう、土谷さまにお伝えしておくんなさい」

加納は眉を吊り上げる。

「おまえの因縁とは何だ？」

「おなつちゃんや、おせんさんにも気をつけてやらなきゃいけませんぜ。佳久たちに顔を覚えられちまったでしょうからねえ」

宇之助に詳細を語る気がないと見たのか、加納は因縁について深く問いただすことをせずに、渋面でうなずいた。

「そうだ、富次郎って男がどうなったか、ご存じありませんか」

今思い出したというような顔で、宇之助は加納を見た。

「あの日は、半値を払って帰ったらしい。もっと念を込めて欲しくば、後日また残りの金を払えと、佳久に言われているのを見た者がおった」

「へえ……早くとっ捕まえねえと、騙される者が増えますぜ」

「わかっておる」

加納はいら立った表情になると、寅五郎を引き連れ去っていった。

宇之助がすずに向き直る。

「おまえも絶対に関わるなよ。おなつちゃんとおせんさんにも、しっかり釘を刺しておけ。いいな？」

そう念を押した宇之助の顔は、背筋がぞくりと震えるほど恐ろしく見えた。

翌朝、きよとともに店開けの支度をしていたすずは、たまやの戸口に落ちていた巾着を見つけた。

「あら、誰のだろう。さっきまでなかったわよね、おっかさん」

拾い上げてすぐ、巾着の紐が切れているのに気づいた。持ち主は、下げていた帯からするりと落ちてしまったことに気づかなかったのだろう。

調理場から出てきたきよが、じっと巾着を見る。

「万平さんのじゃないかねえ」

先ほど蕎麦を納めにきた、守屋の奉公人である。

「今頃、落としたことに気づいて、慌ててるかもしれないよ」

すずは通りに出てみたが、万平が戻ってくる気配はない。

「向こうも仕込みがあるから、すぐには探しに出られないのかもしれないねえ」

「それじゃ、あたしが届けてこようかしら」

こちらの店開けの支度は、もうほとんど終わっている。

「近いから、ひとっ走りすれば、すぐに戻ってこられるわ」

「そうしてやってくれるかい」

すずはうなずいて、巾着を手に通りへ出た。

冬晴れといえど寒い。

けれど朝の光は淡く美しく、すずの頭頂に優しく降り注いだ。それだけで、じんわりと心身が温まっていくような気がする。

棒手振(ぼてふり)たちが行き交う道を走り、駒形町の守屋へ急いだ。

「ああ、助かった。すずさん、わざわざすいません。ありがとうございました」

守屋の勝手口に出てきた万平は、ほーっと大きな息をついて頭を下げた。

巾着は、やはり万平の物で、たまやに麺(めん)を納めて守屋へ戻ったあとで、落としたことに気づいたのだという。

「道のどこで落としたかもわからずに、困っていたんですが――たまやにあって、本当によかった」

守屋の近くは探したのだが、見当たらなかったので、通りかかった者に持ち去られてしまったかと半ばあきらめていたのだという。

守屋を辞して、福川町へ足を向けようとしたすずは、ふと、御蔵前の方角からやってくる一人の男に気づいた。

富次郎である。

赤子ほどもある大きな招き猫を抱えて、足早に目の前を通り過ぎていく。

すずがじっと目を向けていたにもかかわらず、こちらのことはまるで目に入っていない様子だった。

一心不乱に歩く姿は、まるで何かに取り憑かれているような……。

すずは、はっとした。

本当に、今は何かに取り憑かれているのではあるまいか。

浅草寺裏で祈禱師たちが売っていた招き猫には呪いがかかっていないと宇之助は言っていたが、すべて同じと断じてよいのだろうか。

あるいは、祈禱師たちとは無縁の何かが、富次郎に憑いていたとしたら……。

ろくに話をしたこともないおひでに強い執心を示している富次郎は、家族との間にもさまざまな不満を抱いているようだった。

そんな心の隙間に魔が入り込み、富次郎を危険な者たちに近づけてやろうと誘導しているのだとしたら。

「止めなくちゃ」

すずは思わず呟いた。

絶対に関わるなと宇之助に強く言われていたが、やはり、このまま放っておくことはできない。今は守護してくれる存在となった龍だが、生気を吸われていた時の苦しみは、すずの中にまだ生々しく残っている。

あんな思いをする者は、一人でも少ないほうがいい。

すずは富次郎のあとを追いかけた。

富次郎のあとを追い始めてすぐ、すずは異変に気づいた。

空いている道なのに、前から来る人々はみな、すずの行く手をさえぎるような歩き方をしている。富次郎との間を縮めるため走ろうとすると、さっと前を横切ったり、ぶつかろうとしてきたり――。

懸命に動かしているはずの、すずの足も重い。

すずには龍の守護があるはずなのに。

宇之助の声が、頭の中によみがえる。

――もし、おれの因縁が関わっているんだとしたら、用心しねえと。下手したら、死人が出るかもしれませんぜ――。

相手は、龍の守りを打ち破ることができるほど手強（てごわ）いのか。

すずは不安になった。

今からでも、引き返したほうがよいのだろうか……。

富次郎が大通りからはずれて細道の奥へ入っていく。すずは迷いながらも、その背中を追った。

細道に入ったところで、三人の男たちに囲まれた。

「おい、姉ちゃん」

男たちはにやにやと笑いながら、すずに詰め寄ってくる。

富次郎はどこへ行ったのか、姿が見えない。

「さっきから、おれたちをつけ回しているようだが、何か用かい」

「話なら、たっぷりと聞いてやるぜ」

男の一人が、すずに向かって手を伸ばした。

その瞬間、ものすごい突風が吹いた。

「うわっ」

すずの腕をつかもうとした男が、まるで風に殴られたかのように、後ろへ飛ばされる。

他の二人も、よろけながら顔を押さえていた。

「ちくしょう、目に塵が」

「おれもだ。目が開けられねえ」

すずは逃げた。

「女を追え！」

体勢を立て直したらしい男たちの足音が背後から聞こえてくる。

すずは振り向かずに無我夢中で走り続けたが、男たちの足音はどんどん近づいてくる。

再び風が吹いて、道端に置かれていた天水桶(てんすいおけ)が崩れてきた。すずには当たらず、後ろへ転がっていく。

「痛えっ」

男の一人に当たったようだ。

「何やってんだ、この馬鹿！」

「そいつは置いていけっ」

叫びながら、二人の男が追ってくる。

すずは逃げ続けた。次第に息が上がってくる。

何とか人通りのある場所まで辿り着けば、きっと助けを求められるという一心で、歯を食い縛って足を動かした。

が、すぐ後ろまで男たちに迫られた。

「このあま、手間ぁかけさせやがって」

男の荒い息遣いが首筋にかかった、その時――。

また突風が吹いて、めりめりっと何かが剝(は)がれるような音がしたと思ったら、どこからか大きな木の板が飛ばされてきた。

「ぐおっ」

「うげえ」

思わず振り向くと、屋根板か壁板かわからないが、二人の男が下敷きになっている。

「すず！」

通りの向こうに、宇之助が現われた。色あせた茶弁慶(ちゃべんけい)の裾(すそ)をひるがえし、あっという間に目の前まで駆けてくる。

「何をやっているんだ、おまえは」

宇之助は乱暴にすずの腕をつかむと、強く揺すった。

「絶対に関わるなと、あれほど言ってあっただろうが」

宇之助から放たれるすさまじい怒気に、すずは言葉を失った。

まるで宇之助の体から青白い炎が立ち上っているようだ。

身がすくみ、謝ろうと思っても声が出せない。

「おい、こっちは終わったぞ」

その声に、宇之助の手が離れた。すずは、ほっと息をつく。

宇之助のあとから来ていた加納と寅五郎が、岡っ引きたちとともに板の下敷きになっていた二人の男を引っ張り出して、縄をかけたところだった。

「親分」

　下っ引きらしき男が近づいてきて、岡っ引きに何やら耳打ちをする。それを受けた岡っ引きが、さらに加納に耳打ちをした。

　加納は鷹揚にうなずいて、宇之助に向き直る。

「土谷さんのほうも、祈禱師たちをみな引っ捕らえたそうだ。富次郎という男も、無事らしい」

　すずを追ってきて天水桶に転ばされた男も、すでに捕らえているという。

「いやあ、北町の旦那たちはやっぱりすげえや。頼りになるぜ」

　がらん堂の口調になって、宇之助は明るい声を上げた。

「加納の旦那のご活躍を、おなつちゃんにも教えてやらねえといけませんねえ」

「う、うむ。そうだな」

　加納はにやけた。

「おれは、こいつらを番屋へ連れていかねばならぬが、もし、おなつが近いうちにたまやへ行ったら……」

「加納の旦那の武勇伝を、これでもかってくらい盛大に話しておきますぜ」

「わかっておるではないか」

　上機嫌に笑う加納に、寅五郎が首をかしげる。

「武勇伝ったって、倒れている男たちを縛っただけじゃありませんか」

「よけいなことを申すな、寅五郎」

加納たち一行は、捕らえた男たちを引っ立てていった。


帰り道はずいぶんと気まずかった。

加納たちの姿が見えなくなったとたん、宇之助の怒りは再び燃え上がり、すずは厳しい叱責（しっせき）を落とされた。

「まったく、おまえは——龍が守ってくれなければ、今頃どうなっていたことか」

すずは恐る恐る口を開く。

「突然ものすごい風が吹いたりした、あれは、やっぱり龍の力だったんですか」

宇之助は険しい顔のままうなずく。

「でなければ、あんなに都合よくおまえが助かるはずがない。龍は、おれをおまえのもとへも導いてくれた」

龍はすごい力を持っているのだと、すずは改めて痛感した。

けれど龍の霊力をもってしても、すべての危険を遠ざけられるわけではないという。

「現に、おまえは襲われただろう。霊能が万能ではないことを、肝に銘じておけ」

「はい……本当にすみませんでした」

たまやへ戻ると、宇之助は再び「がらん堂」の顔になって、相談に来た客たちを占った。

すずは茶碗に甘酒を汲んで、裏庭へ出る。

龍の餌場である御霊泉の前に供え、静かに手を合わせた。

「今日は守ってくれて、ありがとうございました」

風もないのに、御霊泉が突然ぱしゃぱしゃと波立った。怖くはない。龍が返事をしてくれたのだと感じた。

店内へ戻ると、富次郎が戸口に立っていた。しおらしい顔つきで、店の奥の占い処をじっと見ている。その視線の先では、長床几の上に花札を広げた宇之助が、客に何やら助言をしているところだった。

やがて占いの客は帰っていき、富次郎がおずおずと宇之助のもとへ向かう。

「よう、元気かい」

富次郎の姿を見て、宇之助は笑う。

「まあ座りなよ」

富次郎は占い処の客席に腰を下ろすと、殊勝な顔で頭を下げた。

「願いが叶うという評判の招き猫を買ったんです」

「へえ、それで」

「両親や兄に、こっぴどく叱られました」

高い金を払って怪しい物を買うなんて、とんでもない大馬鹿者だ。今すぐ返してこい、と三人がかりで怒鳴られたという。

「いつもならかばってくれるはずのおっかさんまで、金切り声を上げて、わたしのことを『情けない』と……」

富次郎は肩をすぼめて、膝の上で両手を握り固めた。

「あんまりにも馬鹿だと言われ続け、今日も朝から小言をつかれたんで、かっとなって家を飛び出したんです」

——いい年をして、買っていい物と悪い物の区別もつかないのかい、おまえは。だから縁談だって何だって、おっかさんの言う通りにしていればよかったんだよ——。

それとこれは話が別だという富次郎の言い分を、母親はぴしゃりとはねつけた。

——おかしな連中の売り文句を断ることもできず、買った物を返すこともできないくせに、一人前の口を叩くんじゃないよ——。

富次郎は、むきになって言い返した。

——じゃあ招き猫を返してくればいいんだろう——。

だが母親も引っ込んではいない。

——おや、一人でちゃんと返してこられるのかねえ。いくつになっても怖がりのくせに——。

富次郎は叫んだ。

――うるさい！　一人で立派に返してきてやるさ――。

「売り言葉に買い言葉で、招き猫を抱えて家を出たものの、やっぱり怖気づきました」

招き猫を売っていた場所へ向かってみたものの、途中で何度も足を止めたという。

「今日は露店が出ていなければいいと思いました。遭遇できなければ、仕方がないという言い訳も立つと思って」

招き猫を大川に捨てて帰ることも考えたという。

「でも……」

ふと、富次郎の頭の中に、宇之助の言葉が浮かんだ。

――富次郎さんの運気は今ものすごくいいみてえだなあ――。

占いで言われたことを、富次郎は思い返した。

これまで上手くいっていなかったことも、きっと上手く回り出す。ただし、いい運気を活かせるかどうかは、富次郎次第だ。いい運気が逃げぬうちに、とにかく動かねばならぬ、と。

「ここで動かなきゃ駄目なんだという気持ちになりました」

露店があった場所へ行ってみると、町方同心たちが祈禱師や売り子に縄をかけているところだった。

配下の者たちに「土谷さま」と呼ばれていた同心が、招き猫を抱えていた富次郎に気づいた。

名前や事情を聞かれ、ありのままを話すと、招き猫は悪事の証として召し上げると言って土谷が持っていってくれた。

払った金は戻らなかったが、処分に困っていた物はおのずと富次郎の手元から離れたのである。

「危険な目に遭わず、運がよかったんだと思いました」

富次郎は顔を上げると、はにかんだ笑みを宇之助に向けた。

「けっきょく、がらん堂さんの占いは当たっていたんです」

宇之助は目を細めた。

「富次郎さんが自分の意志で前向きに動いたから、運気が味方したんだ」

「もっと早く、そうするべきでした」

後悔をにじませる富次郎に、宇之助は微笑んだ。

「今からでも遅くはねえさ。気づいた瞬間から、また新しい道が開けていくんだぜ」

「気づいた瞬間から……」

「そうさ。幸運ってやつは、実は誰の前にでも転がってくるものなんだ。ただし、人生のどこで転がってくるかはわからねえ。だから、いつ目の前に現われてもちゃんとつかめるよう、常に備えとかなきゃならねえんだぜ」

富次郎は真剣な面持ちで、じっと耳を傾けていた。

宇之助は笑みを深める。

「富次郎さんは、もう大丈夫さ。自分を信じて、頑張りな」

「はい」

力強い足取りで帰っていく富次郎の姿に、すずの胸は温かくなった。


店じまいが近くなった頃、加納がたまやに現われた。

「今日、おなつは参ったか？」

すずが首を横に振ると、加納はがっくりと肩を落とす。

「では、おれの武勇伝はまだ伝わっておらぬのだな」

はあっと大きなため息をついてから、加納は占い処の前に立った。

「土谷さんに呼ばれて、詳しい話を聞いてきたのだがな」

占い客用の床几にどっかり腰を下ろすと、加納は宇之助を見た。

「やはりおまえの言った通り、招き猫を売るようけしかけた輩の正体はつかめなかったそうだ。おれに招き猫を売りつけた爺の姿も消えた」

宇之助はうなずく。

「でしょうねえ。まあ、町方のみなさまがご無事で何よりでした」

「こたびの一件については、町奉行所以外も動いておるようだ」

声を落とした加納に、宇之助は眉をひそめる。

「土谷さんのところへ行ったら、どこの配下かよくわからぬ者たちもおってな」

「わからねえってのは、どういうことです？」

「土谷さんも、その者たちに問われるまま仔細を伝えるよう、御奉行の命を受けているとしか言わなくてな」

土谷も相手の正体を知らぬ様子だったという。

宇之助は思案顔で首をかしげた。

「いったい、どんなやつらだったんで？」

「一人は町人で、布で右目を隠しておった」

宇之助が息を呑む。

「布って、ひょっとして、眼鏡の硝子玉(がらすだま)みてえな形に作られた物じゃありませんでしたか」

心なしか、宇之助の声は震えて聞こえた。

「やはり知っておるのか」

加納が納得顔になる。

「その男が申しておったのよ。『宇之助は、町の人々を占って生きるのが性に合っている』とな」

宇之助は長床几の上に置いてあった花札の束を見つめた。

加納が宇之助の顔を覗き込む。

「あの男は、いったい何者なのだ。連れの男は武士であったが」

「富岡光矢（とみおかこうや）――呪術師です。昔、一緒に仕事をしたことがあるんですよ」

宇之助は長床几の上で両手を組み合わせた。

「あの男が出てきたということは、人知を超えた何かが動いているのかもしれませんぜ」

そう言って宙を眺めた宇之助の目は、江戸の闇にひそむ怪奇をとらえているようだった。

本書を執筆するにあたり、左記の方々に多大なる協力をいただきました。
仁科勘次氏（スピリチュアルサロン蒼色庭園代表、セラピスト）
ほしひかる氏（特定非営利活動法人　江戸ソバリエ協会理事長）
この場を借りて、心より御礼を申し上げます。

著者

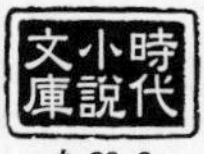

た29-2

茶屋占い師がらん堂 招き猫

著者 高田在子

2023年8月18日第一刷発行

発行者 角川春樹

発行所 株式会社 角川春樹事務所
〒102-0074 東京都千代田区九段南2-1-30 イタリア文化会館

電話 03(3263)5247[編集] 03(3263)5881[営業]

印刷・製本 中央精版印刷株式会社

フォーマット・デザイン＆シンボルマーク 芦澤泰偉

ISBN978-4-7584-4586-3 C0193

http://www.kadokawaharuki.co.jp/[営業]
fanmail@kadokawaharuki.co.jp[編集] ご意見・ご感想をお寄せください。